字在。

石廷宇

推薦序　肉身倦怠

李時雍

認識廷宇很久了，二〇〇七年起，有兩年時間，我們同在清華大學的台灣文學所就讀，我高他一屆；畢業後，我服役當兵、到報社工作，繞了一大圈又重返校園，小宇早已寫完他以「日治時期台灣新小說」為題的論文，早我一屆，進入台大台文所。我們時常課堂之間在狹長的走廊上相遇，聊個一兩句，但總是不若當年在新竹時那麼時光餘裕地漫談。

那年我們在研究所辦電影讀書會，看楚浮、高達、法國新浪潮，小宇為大家導讀碧姬・虹恩（Brigitte Roüan）的《做愛後動物感傷》，一起編輯刊物。許多說不完的話題，延續至放映教室外，那一條從人社院而下，蜿蜒而覆滿林蔭的山徑，月色穿過葉隙，幽黯中閃爍有銀白的碎光。也是在那往來學院的小徑上，小宇第一次交給我他所寫下的小說。

這群朋友中有幾個特別喜愛創作、喜歡寫詩的又另成群體，包括小宇和他的同學；他們將人社院一處閒置的露台，整理成空中花園，栽植草葉，砌磚成小巧的牆圍，雙手沾滿土泥，分隔出種類各異的樹苗。記得大家最後一次聚會，是一晚詩歌朗誦，帶來了各自的詩，在花園中，述說著彼此的故事。

我想從那時起，「創作」早已是小宇文學到生活中的關鍵詞。當年我翻著他自印的第一部長篇《電信時代少女》，冊頁在手心上如此厚沉，像詞語的重量，在往學院的緩坡途中，他迫切想知道我閱讀之後的感覺；我收藏有一段詩歌夜晚的影片，畫素斑駁的影像中，是小宇置身花圃前，手持詩稿，抒情朗讀的聲音，七年前的模樣。

又譬如，編輯副刊之後，幾次收到熟悉的郵件，是他寄來的這次收至小說集當中的幾篇〈白河好白〉（二〇一一年刊出）、〈玩偶的大兒子〉（二〇一二年），或者近期描寫迎接孩子到來的散文〈看著妳挑選了那一套衣服〉（二〇一四年）。

相識許久，我和小宇實際上生活的交集卻不多，文學之外，他也喜愛網路電玩等流行次文化，讀類型小說，加入乒乓球隊，做過美術編輯或影視節目企劃，和他那屆的朋友們時常在新竹到處跑，關心生態問題，進行田野調查，小宇對於戰前台灣文學的「貧困書寫」和抵殖民研究甚深，而最近又合開工作室，展開文學的基礎教育工作。這些，都是我從閱讀他的文字中認識所知的。

進入博士班之後，小宇和我說，有一年時間，每週往返於台中，在靜宜大學教一堂創作的課。總令我不禁揣想著，他興趣廣泛的生活，如何在那一條夜暗而筆直的公路，螢光標誌不斷往後退遠之際，小小的駕駛座上，沉澱成為小說中情節交織的故事：〈拉鍊〉裡一件牛仔褲如身分、拉鍊如痂疤般的少男少女；〈纍纍〉風災過後絕望的老農和他的老狗；面臨升學考試的「我」，陷入媒體上閃逝而過一則學生自殺報導的〈臨別贈禮〉等。對於身體感官反覆而入迷的書寫，成為《字在》裡這一系列「肉體書寫」的母題，從青春私我的慾望，到社會面的老農、互文於經典的〈玩偶的大兒子〉中當代三明治人的肉身艱難；小宇對敘事形式的掌握，對話的描寫，也令我循著角色的足跡，拼湊著那一個故事誕生的起點，是移動在夜間大路的車途嗎，搜尋史料的文獻室，還是教書的教室裡。

而如何從「肉體書寫」的執迷，轉向「肉身思索」的位置，我想也會是創作者持續面對的問題吧。

我特別記得，〈0001_03.wma〉在描寫縱情於慾望經驗的主角芊芊，車箱內，與認識未深的男生，好幾頁關於「無聊」的話題，及其內心的辯證過後，小宇如此小結：「芊芊覺得有點睏，卻又告訴身體現在還不是時候。」讀到這裡時，竟令我想起崇敬肉體、音樂和酒神的尼采（Friedrich Nietzsche）在描寫查拉圖斯特拉剛下山，急欲喚醒群眾，卻目睹走索者墜地死亡；他馱負著友伴沉重的肉體，跋涉長路，終於在一處安全的林地裡歇腳，並立刻睡去，哲學家如此寫下，「肉體雖極倦怠，靈魂卻十分平靜。」

《字在》或許就是這樣一部肉身之書，在故事之間，長途跋涉，在深深的倦怠之中，令書寫者的靈魂安靜了下來。我是如此重新相遇於石廷宇，如此祝福著他的作品，與其仍在路上的旅程。

自序

我從來不是一個會說故事的人。

但比起寫，我更愛說。

舉凡要提「字在」，必得先從「字不在」談起，那麼字的存在與否的狀態，或許才有被討論的價值。

無論我們願意與否，無可否認，我們確實無時無刻生活在由文字所構築的世界中。摩鐵、online、公車站牌、水災、衣著、KTV、上下網。即使每組字詞的拼裝與意義總是充滿任意性，但這些任意的最終結果，總還是能夠平衡出某種大家雖不滿意，但尚能接受的可辨識狀態。

「lol」即是一例。

是否由於察覺到「字不在」的危機感使然，使得「字在」成為一件作者需要一再確認的事，其實一下子也無法描述清楚。因為所謂的「不在」，倒也不是真的「不在」，而是介於它們「在」，卻又「不那麼在」、「不如以往那麼在」的字的存在形式。

迫於現實，字的「在」往往指向著字「不在」的事實。

那麼，為什麼要在序裡開宗明義談這個呢？

總會有那麼一刻，每位作家自居者（或是寫手云云），都得面臨為自己、或為他人的作品寫〈序〉的時候。然而，寫序並不困難，難的是寥寥數句，卻往往涉及尊嚴（既包括「字」的尊嚴，也包括寫下「這些字」的作家的尊嚴），與寫作者的誠信問題。當這件事要由自己操刀時，便不可不謂嚴重了。

如果非要由作者自清，那麼，我會說這是一本既由「字」所組成，卻又不以「字」為重的小說。而題名曰「字在」，這種此地無銀三百兩、飽含文藝腔的宣稱，則是和秘密閨友共同設想出的——為了在這個字義岌岌可危，只存在於藝術節與被政治事件稀釋扭曲的時代中，試著憑一己之力打造足堪「字們」能夠無憂無慮、優游存在的空間，讓讀者們得以大剌剌窺探由字的起居作息所搭載的一則則故事，或是不期然翻開扉頁，等待著字以其自身回答所有問題。

逆向操作來說，在這裡，理應從「作者的誠信」談起。

既名為「字在」，自然指的是這本小說裡，理所當然地有「字」，或者，直白一點，是作者嘗試讓「字由字在」確實發生在小說創作的過程與結果中。隱密地棲身於字行間隙，任它們發聲、排組，而儘可能不稍加干預。雖然明眼人一看便知這全然是作者的一面之詞，但在此地，還是必須說，基於誠信，本人所寫的字，大部分都是字們自己與自己之間的協調與溝通（或是私底下的暗盤交易）出的產物，鮮少真正大動作地在檯面上便嚷嚷著要我從中調動。

因此，讀者若能從這本小說集中讀出些什麼，那基於作者的誠信，也絕對非作者的功勞，而必須全歸功給出現在這本集子裡的所有「字們」。作者頂多提供身體。是字們使意義成為可能。

接著回到「尊嚴」的問題。關於字的尊嚴，對於現代社會來說，老實說幾乎不再值幾兩銀了，甚至，比網拍裡販賣的盜版書法字帖（電子掃瞄檔）還要廉價。昨日寫下的字，今天可能隻字不會兌現。上午所閱讀的字，一到傍晚可能已全然走鐘變形。這大概多少可以用來描述「字不在」狀態的剖面。

在字不斷與自己體內意義發生矛盾與肢解的現代文明社會裡，若想貿然討論「字的尊嚴」，只怕乎矛頭一轉，大傢伙不談字了，而紛紛指著那些操字的、寫字的、說字的、解字的、讀字的一勁嘟囔撻伐起來。所幸一隻鞋奮力丟出，砸中的也通常不是人，而是那人背後帶字的看板。

但於本書，不談字的尊嚴也不行。畢竟語言文字是我們日常溝通的主要媒介。若字的尊嚴稍被打了折扣，或總是賤價批發、量販，那麼無論什麼場合，字的意義必然不再那麼得人信服，眾聲喧嘩的結果可能落得沒一個字聽得清楚、沒一個字解釋得明白的下場。只怕到那個時候，究竟字在或不在，也就既無關緊要也無可救藥了。

因此，若真要以「小說」算，作者的字，充其量勉強只能算是眾家喧嘩中的一嘩罷了；或是，更明確地講，比較算是落在一傅眾咻裡，眾咻中的一咻的程度。但即使如此，身為寫作者，沒有挺起腰桿的勇氣，說到要挺筆桿捍衛字的尊嚴這檔事，那可是不容許稍有讓步的。

至於什麼是字的尊嚴？字又組裝出了什麼？或許由我一逕來說，有失公允還是讓它們自己說明自己吧！

目次

155

臨別贈禮

本篇是整本作品集的中心之四，這篇講的是一個優秀高中應屆考生的自殺故事。他看似擁有他自己——無論是未來或是身體，無奈升學制度與社會價值觀的任意變換，他發現他永遠只能是他自己，並且也將永遠無法滿足大人們趨於私利而善變的需求與慾望，他只能任由他的身體墜落，離開控制。

177

In KTV

這篇故事，講的是一個上班族的下班後的夜唱生活，卻奇幻地進入了「陰ＫＴＶ」，裡面似乎不停地奪取著一副副在ＫＴＶ內逐漸沉淪、失去自我控制能力的肉體。ＫＴＶ的一切都像是會吃人似的，趁著原本白日理智的上班族渾噩昏沉的時候，拆解他們因為長期受制都市與工作的趨於麻木的身體。他看起來失去了身體，卻找回了意識與對於身體的認識。

205

白河好日

這是講的是稚幼肉體遭逢身處的環境變異時，所產生的反應。被稱之為秘密的開發是因為沒有孩子知道這到底會變成什麼樣子？而到時候的他們又會去到哪裡？關於肉體存在環境的秘密便一代一代被傳遞、隱沒下去，直到又有人決定冒險以自己的肉體重新探勘深處的世界。無奈，真實的世界仍舊容不下真實的肉體，這些年輕卻早早失去夢想與願望的靈魂，只好拋棄肉體，選擇讓世界持續虛擬下去。

213

玩偶的大兒子

本篇是整本作品集的中心之二，內容總包括了「肉體（以及被使用）」，「對於自己肉體的認識」，以及「肉體的存在方式」等三種狀態，獨身的老邁父親辛苦工作了一輩子，送了孩子出國唸書，自己卻必須為了維生與閒消打發時間，而持續自食其力地工作著。偶爾，聽著來自遠方的聲音，卻是充滿距離與陌生的。晚輩送來了最時尚的隨身電子產品，卻因為親不會使用，只能當作一種對於血緣的收藏。當兒子持續更新更好的生活狀態，老父的肉體卻只能像是過時了一樣，任時間與倉促的對白逐漸消磨。

發表人：有誰不知道這個女的？
發表時間：2008/08/19（20:19）
IP後6碼：133892
內容：
啊一看腰上的刺青就知道是誰了，
已經被轉貼很多次了，
麻煩開板的做點功課好不？

樓上
+1

0001_03.wma

1

她不敢相信，螢幕裏播放的線上影音，是自己和黑仔、放克的3P影片。

「怎麼可能？他們不是跟我說好，只自己留著嗎？」她邊拆封新買的交叉型shu uemura假睫毛包裝，眼睛直直盯著電腦螢幕。她沒有關上聲音，反正這時根本還不會有人回家。也可能是受到驚嚇的緣故。芊芊沒有把音量轉小。

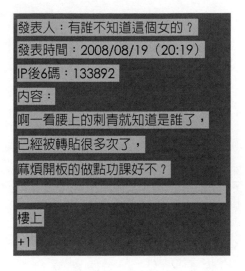

畫面中、女生的叫聲聽起來有點陌生，但對於那些對白，又的確有點熟悉。

她仍半信半疑。

「為什麼會被PO上網？還是別人轉貼給我，我才知道的？」鬆開緊握滑鼠的手，她只本能地戴好假睫毛。不自覺想伸手觸碰那女孩時，不小心在畫面上留下了模糊的指紋。

瀏覽網址是別的男生告訴她的。不是影片中那兩個。

在她正要赴另一個男生邀約的夜唱之前。

她刻意走到離家較遠的巷口。有賣十元清粥宵夜的攤販，對面便利商店門口總停滿形形色色的改裝機車，高翹的排氣管錯落地發出呼嘯。站在騎樓底下，她傳了兩封簡訊，給擁有影片的男生中的一個，與即將來接她的男生以外的一個男生。她非常沮喪。

我想知道是誰把它PO上網的。

「幹！誰知道他媽的會不會是被駭的啊？不是我PO的啊！」將影片PO上網的男生，激動地把菸蒂往地板一甩，用拖鞋大力捻著。芊芊可以想像。他那細瘦小腿肚上的鬼頭刺青，現在大概正非常吃力地搖頭才對。

貼滿Bling-Bling貼紙的手機裡，傳來男生凶惡帶有威脅性的咆嘯，是她早就習慣的音色與口氣了，所以並沒有把聽筒稍微拿遠一點。無論如何，既然都發生了，多少還是有點委屈卻不知道該怎麼發洩的苦惱。想傳簡訊給某個人，又不知道該傳給誰比較好。

HONDA K6的MUGEN排氣管改裝套件的獨特音域，籠罩了一旁改裝機車的低音，像一道拉鍊，由遠至近，將封閉聲音的夜幕快速揭開，在腦中晃動的鬼頭臉上，劃出兩條逐漸暈開的深紅傷疤。鬼頭該消失了。她低著頭想。還是燻黑頭燈呢！

剛剛不應該選咖啡色角膜變色片的。

「應該戴『情炫』綠才對嘛！，既然是要去夜唱的話……。」

才把手機丟進包包裡，黑色低矮的車身已經停在面前，發出比駕駛座上的男生在床上發的喘息還要更猛烈，更粗暴的振顫。這是她稍晚才比較出的心得。

「嗨，你來了喔？」

「妳爸媽准妳這麼晚還出來玩喔？……喂，妳這樣會把烤漆刮壞啦！」胸前成串的塑膠佩飾在她彎腰打招呼的時候，零星敲打著車門。男生忍住脾氣這麼說，眼睛則毫不掩飾直直貫穿那片由淺紫色蕾絲邊和胸口共同構成的陰影。陰影隨著對白忽明忽暗，輕稚的乳房在夜裡映照出姣好的氣色。略帶痘斑的前胸令男生如臨星夜。

「不要那麼小氣好不好？人家才碰一下也在那邊叫叫叫？啊我又不是第一天那麼晚出來玩，要不然你現在跟我回家也行啊！反正我家也沒人……，就不要出去了啊！」隨著她假意轉身，氣色也不自然地陰鬱起來。男生下意識伸長了脖子。

「好啦！好啦！今天不行啦！都跟人家約好了，改天啦！妳快上車吧！」為了搶先替她開門而在座位上稍微扯開身體，男生意外發現，非但因此能把她胸前那片陰影看得更清楚，身體也因為調整了位置而覺得輕鬆許多。沒有陰影，哪顯得月夜之美？他覺得自己可以當詩人了。

「看屁啊！開車啦！」清瘦的身體輕飄飄降落在不怎麼舒適的筒式改裝椅內，沒有海綿間隙擠壓空氣的聲音，可能是芊芊真的太瘦太輕了。

「有什麼關係？借看一下又不會怎麼樣！又不是沒看過……」

藏在深咖啡色眼影和眼線底的眼神，飛快瞟了男生故作姿態的側臉。男生的視線還未自陰影裡甦醒，剛才的畫面很快便在車子加速與激烈的換檔間，只存在在女生自己的記憶裡。她不記得為什麼要瞟那一眼，也想不起來，究竟為什麼要塗抹咖啡色眼影、咖啡色角膜變色片？在男生重重蹬下油門後，他的並不好聽的嗓音也跟著被風速拉扯向後拖曳，不再有什麼特別的句子殘留在原地。

「今天，有誰要去啊？」芊芊邊問，隨手把才丟進包包裡的手機又掏出來在掌間把玩。

「就大仔他們啊！還能有誰？」男生不明白她為什麼會這樣問。

「是噢！……那女生咧？有誰要去？」為什麼會突然對這個一如往常的活動感到疑惑？

「就是平常會出現的那些啊！」男生直覺回答。

「那雯雯呢？她會去嗎？」她隨意瀏覽手機電話簿裡的名字，思考誰會參加今天的生日趴。綽號像是一種遊戲，雯雯的名字裡根本沒有「雯」這個字。就像是一個發音或是疊音。她說她沒有辦法想像自己竟然已經和那個令人討厭的名字相處了十幾年了。我也沒有辦法想像。我的名字裡也沒有「ㄑㄧㄢ」啊，只是好像從來沒有男生問過就是了。

「妳想她去嗎？」。

「沒有想不想啊！只是有她在可以玩得比較High啊！跟她玩還蠻開心的……」

「是喔……，」

「我不知道今天有沒有她耶，女生不是我約的……」

「有大仔的話，怎麼可能沒有她？」

「很難說喔！」男生語帶保留地對著後視鏡，露出兩排卡著暗紅色檳榔渣的裡外不齊的牙齒。

男生喜歡露出這種略帶邪氣的笑，這是自己少數能吸引女生的表情。他非常能夠了解情侶連連看突然連錯，或是突然改變配對時，對於答題者所能產生的震撼效果。現在還不是公佈答案的好時機。

「不說就算了……哼！……」反正差不多又該補妝了。芊芊把手機收進包包，換出一個有玫瑰花紋點綴的粉紅色Anna Sui化妝包。男生只覺得芊芊的包包可能藏有萬物。

在女生補妝的空白時段裡，男生慣性點起一根Marlboro Light燃燒沉默。車內充斥打火機發出的摩擦聲，很快也被車子加速的尾音掩蓋過去。

芊芊覺得用眉筆慢慢地，一點一點地挑刷眉尾的動作，其實也會發出一點聲音，只是男生們從來聽不見而已。

就像她能很快嗅出Marlboro Light和深藍SEVEN燃燒氣味的細緻差別。但對她而言，不同男生間，不是只有嘴裡菸味的分別而已。

「他能分辨我身上的香水和別的女生身上的味道不同嗎？」她用化妝鏡，又偷看了男生一眼。

右手臂纏上一條體態並不優美，嘴裡銜有一點火星的蛇，只有淺青紋路，沒有其他顏色。這是她印象圖鑑裡早就熟悉的標本之一。只是每條蛇纏繞型態不同罷了。還有，嘴裡叼著的東西也不一樣。

車內飄起維珍妮清爽的薄荷氣味時，芊芊一下子沒有反應過來，究竟是誰幫自己點起指尖那根菸的。她不想耗費腦筋思考，但也不想和身邊的男生討論網路上那段惱人的影片。

身邊男生正因為剛才看到的景緻，在腦中延伸一連串情節，悄悄勃起了。他得藉著不停踩踏離合器來調整總嫌彆扭的坐姿。速差使得兩人指尖的星火前後揮舞如指示夜間飛行起降的光束。他們正在往那家KTV的航道上。

在成人論壇裡以「誠心推圖。大膽女友被我和換帖一起插」的標題，快速累積瀏覽人次和回應時，她正在一輛不屬於影片畫面中那兩個男生以外的男生的車內，在前往參加一場生日夜唱的途中。芊芊十九歲，今年大一。

人肉搜索在她被載往某個他並不熟的朋友的朋友的生日趴的同時快速進行。

「ㄨㄣˊ ㄨㄣˊ到底會不會去呢？」菸灰向後飛散。

「喂喂喂！遲到罰三杯，先喝再解釋啦！」還沒完全推開門板，包廂裡就傳來幾乎和推門速率同步的叫罵聲，混合嘈雜的背景歌曲和澎湃的歌聲迎面撞擊而來。芊芊常常訝異，為什麼這些人能夠那麼快就分辨出誰是服務人員？誰又是朋友？自己到現在都還學不會。但接下來，她就像因此被觸動了體內某個開關似的，腦中的想法、那些尚未被確認、正困擾著自己的部份，都會突然被阻隔在如繭的世界外，隨著包廂門漸漸闔上，完成蛻變。

「幹！兇屁啊？罰三杯怎麼夠？幾杯都沒在怕的啦！早就知道你們只會欺負我們女生了啦！」她很能掌握這個部份的自己。

「哎唷？今天特別嗆喔！來來來，先喝掉這罐，等一下再一個一個處理……。」

首當其衝的，是一個叫做輪仔的男生，色瞇瞇的眼睛只衝著芊芊的耳垂看，撐著紅通通的笑意，矯揉地起身將啤酒罐遞到她面前。

尾隨芊芊進包廂的，是那個開改裝車的男生，阿達，則像是對這個情景再熟悉不過，看到芊芊已經一手把啤酒從輪仔手中搶過去後，就自顧自和其他人打起招呼，不忘露出招牌笑容，中氣十足地對坐在包廂正中間的男人大喊。

「大仔！歹勢，來晚了，還繞去載芊芊，花了一點時間……。」

「沒關係啦！女人最重要！對不對？妳們說，我說的對不對？」

阿達順著他微醺的眼神，來到坐在老大兩側的年輕女孩身邊，心裡浮出「早知道不帶芊芊來了」的悔意，可又馬上覺得，就算帶她來，也沒什麼好顧忌的。她又不是我馬子。起碼現在還不是。

『反正，又還沒跟她怎樣，幹什麼不可以？其他人還不是……』既然來了，就一定要盡興才對，不然就太沒意思了。阿達把頭一罐啤酒一口氣喝個精光後，奮然有種非常意氣風發的感覺。

『哼！帶女生來還能玩成這樣，其他人不哈死才怪……。』他想。

包廂內滯悶的空氣隨著人口密度和尼古丁燃燒率的增加，逐漸達到夜間時段的高峰，炸物、滷味、酒精、從自助吧端來的各種餐點，揉合眾人的體味，隨麥克風移轉來回輸送劣質的興奮感。廉價喇叭傳來的音符和不成調的嘶吼，穿透男女們越穿越少的身體，逐漸還原成逼真的音色。芊芊在喝完第三支啤酒後，發現自己正坐在一個男人的腿上。這是長大以後就和家人不曾再有過的距離了。她突然懷疑，會不會現在這些在場的人們才是真正懂自己的人呢？在這裡，沒有人會關心我的過去，也沒有人會要我思考現在，更不必追問未來。當啤酒混合了偷偷挾帶進包廂的藍標威士忌在喉嚨深處燃燒時，沒有人會去想的最後由誰來買單，反正不會是我就對了。她想，然後將手中的啤酒一飲而盡。

入夜後竄升的人口增加率，令原本就不大的包廂更加侷促，卻沒有人覺得呼吸困難，可能是彼此都已經非常習慣以這種距離相處了吧？即使和眼前這些人根本也沒多熟，但就簡易的ＦＢ交友判斷標準而言，已經達到足夠和他們肢體接觸的信任程度了。何況，跟那些跪在男生胯間的女生和在螢幕前跳舞的女生比起來，我算是比較有門檻的啦！

「唉唷！喝啦！新加坡拳妳都不會，不喝怎麼行？」

「對啊！阿達都沒教妳嗎？這樣還敢來這邊，不會是自己愛喝，跑來這邊省酒錢的吧？」

「喔？既然是這樣，那就更要多喝一點啦！喜歡喝就多喝一點，開心嘛！」

密集的調侃加上無限超載的酒精濃度，讓她有種被簇擁、呵護倍至的感覺，她熟悉這種感覺，也知道它會在何時出現，不過，她得很小心隱藏自己的反應，並祈禱當場沒人發現。

「阿達？阿達他也不過是在幾天前玩網路遊戲認識的，是因為和他聯手打怪的時候，覺得他人還蠻好玩的，才答應他……」

「阿達？他人很好啊，不過還沒機會教我這個啦！」

她不明白是從什麼時候開始，自己突然能夠流暢地說出和心裡所想的事完全無關的內容，而且竟然還一點也不感到吃力。她衷心認為擁有這種能力絕對是件好事。其中一個替她倒酒的男生，和自己的前男友長得真的像極了。她不否認光線和酒精可能都有影響。

阿達在摟抱包廂裡四處流動的女生時，起初心裡還有些不安。倒不是因為是在老大的旁邊，而是，如果今天可能還會跟芊芊有更進一步的什麼的話，現在實在不應該多耗費精力。雖然其他哥兒們這時差不多都早已各自帶開，或是直接就在包廂裡面玩起來了。這個時候，反而更應該要有某種履行義務的責任感才對。至少得確定到時候不會掃女生的興才行。他想。

親吻女生的後頸時，正好聽見芊芊說到他人很有趣這件事。混合微嗆的香水和髮雕慕斯的氣味。即使包廂裡再怎麼吵鬧，只要想聽誰的聲音，還是能通過朦朧的，早已被麻痺得差不多的聽覺，一字不漏地接收清楚而正確的訊息。他的嗅覺也是如此。

「他人很好啊！」阿達在心裡默唸。一口乾了手中那杯身邊女生替他斟滿的調酒後。他把這個叫Irene的女生摟得更緊了。繞過她細窄肩膀富含有生命力的蝮蛇，挾著星火與酒精，悄悄地隱身進她的上衣裡，恣意地在其中爆炸與穿梭，發出旁人聽不不見的咀嚼聲。

芊芊趁著自己還清醒，趕緊和面前這個名叫大寶的男生用手機一連自拍了好幾張照片。要是為了花那點時間去醞釀醉意和找出數位相機，錯過了和這個男生的其他機會，就更可惜了。我幾乎要瘋了。多麼好玩又MAN的男生啊！

還是身體提醒她男生的手正在體內粗野地挑動著。她才意識到是到了該留下聯絡方式給彼此的時候了。但此時她只想靜靜享受這片刻歡愉。芊芊偷看正坐在對角線的阿達，並同時想起，眼前這個男生，無論如何都將是今天生日會後的主角，只有大寶是現在。

歌聲在包廂裡被徹底遺忘。每個姿態、肢體間的碰撞，都比喇叭傳出的音符更加轟然。指尖觸及腰際的肌膚便令人欲聾。人群湧入黑暗體內，被彼此擁入體內，剩下那些還勉強想保持清醒的人們，是因為想要清醒地知覺一些容易被遺忘的感覺。這種想要珍惜什麼的執念，來自於對感覺被沖刷推擠得太過迅速所產生的些微遺憾。

芊芊高潮的時候，心裡只惦著要問大寶的名字。

大寶高潮的時候，想的是自己即將垂軟的陽具，同時按壓著芊芊的頭不讓她抬起來。略微波浪的紅褐色長髮在他的手掌底下顯得蓬鬆散亂，隨著顫抖的陽具，芊芊不太敢再繼續多做些什麼，現在的她非常脆弱，這種脆弱與警覺源自於許多並不甚好的經驗，當然，她肯定自己的技術，卻知道這些技術並不足以讓男人留下什麼印象。

「你叫什麼名字？」芊芊對「大寶」的熱愛從他射精後開始。但她還不很確定自己是否真的想知道答案。

阿達高潮的時候，因為一時不知道該喊誰的名字，決定只發出咿啞不清的悶哼，Irene對這個聲音非常滿意。這無疑是恰到好處的鼓舞。

「這表示他接下來沒有想要幹嘛，或者，也沒辦法再幹嘛了的意思……」Irene想不出有比這個更容易、更單純的解釋，也想不起眼前男生的名字。

色彩繽紛的藥丸與大麻捲菸如星芒在黑暗中閃爍，帶來無限笑意，也帶來憤怒、帶來狂喜、帶來悽愴的悲鳴。每個人都力求在有限的夜裡充分將各自分內的表現臻於完美，享受純粹由肉體奏鳴出的音符。酒精。低音。體液。滑音。焦油。尼古丁。連音。氯胺酮。亞甲二氧甲基苯丙胺。四氫大麻酚。長休止符。

「我想吃巧克力聖代。」芊芊對著化妝鏡邊補妝邊說。她覺得後腦酸酸、緊緊的。

「喔，好啊！我也想喝點什麼。」阿達調整了安全帶的位置，稍微想了兩人接下來的行程。喉嚨裡傳來方向燈答喀答喀空洞的音節。

凌晨四點半左右，天微亮，芊芊在往生日趴的路上說過，今天有第一堂八點的必修課。

「叫做什麼企業管理與實務的……，總之很boring啦！就是那種修的人多到爆的必修課，可是因為是第一堂，所以都只有小貓兩三隻的那種，……去不去也無所謂……。」

之前說到這件事的時候，好像也和現在一樣，是在補妝吧？那到底是想去還是不想去呢？她不知道。男生更無所謂。

雖然阿達怎麼想都覺得這是一種暗示，可是經驗告訴他，想再多都只是腦中的餘興節目，看到女生張開嘴巴，將沾滿巧克力醬汁的聖代緩緩含入口中時，那些男生認為在生日趴和車裡的所有忍耐與壓抑都再值得不過了。

芊芊不覺得這有什麼好大驚小怪的。

我只是想要聽你多說一點關於大寶的事情，如此而已。

「每一天都是新的練習……」

芊芊拉開窗簾，輕哼著陳綺貞簡短輕快的旋律，稍事梳洗過後，安靜地坐在馬桶上抽菸。今天或許是適合上課的一天。她想。

「還是應該和黑仔出去玩呢？反正也只剩下午七八節的課而已。」

手機螢幕顯示一連好幾封凌晨傳來的簡訊，她努力聯想每個綽號背後的表情與身體特徵。唯一稍微想得起來的，就只有黑仔。芊芊正對自己的忠心感到意外，廁所外的雙人床上，有沉重的鼾聲和翻身時彈簧床的噪音襲來。

又度過了一個印象不甚鮮明的夜晚，或者說，不是一個特別需要被記住的夜晚，僅僅滿足之所以為夜晚的幾個必要條件罷了。時間能順利用掉就行了。

「總之，有要到大寶的聯絡方式，也多知道一點點他的事了。……」

「他媽的，他也跟大寶沒多熟嘛！……還是他故意不說呢？」

阿達在察覺芊芊只是想知道有關大寶的事的時候，一度有些不能釋懷，經過酒醒後難得的掙扎，他確定自己在那個時間點所不該出現的情緒，就是對眼前的女生產生不必要的，影響現狀的醋意。和芊芊也才不過是第一次出來玩嘛！這個數據在那個時間點十分具有參考價值。實在太小題大作了。他不斷提醒自己。

「大寶是我們裡面最受女生歡迎的……」阿達以開門見山的敘述方式開頭。「又會說話，人又義氣，最重要的是，當初大家整天都出來玩，從早到晚混在一起，結果他竟然還能夠考上公立大學，不像我們其他人，只吊車尾考上私立科大，妳說，他是不是很厲害？」這個部份是他真的誠心佩服的地方。不過，因為正忙著脫衣服的關係，男生沒有注意到芊芊喜形於色。

「呵！那這方面我們還蠻像的啊！呵呵！當初我也沒什麼在唸書，啊還不是考上大學了啊。……考試前幾天還天天約朋友逛夜市咧！」她把衣物稍加對折放在沙發邊上時這麼想。

由於進房的時間晚了，又都已經在先前生日趴裡各自滿足某一程度欲望，進房以後，兩人並沒有多增加其他繁複的手續，有默契地直接將最後那點儀式進行終了後，便光著身體，背對背沉沉地睡了。

在退房前等待男生醒來的空白裡，芊芊先回覆了黑仔的簡訊，再點了幾根菸，然後傳了一封不怎麼煽情但絕對令人印象深刻的簡訊給大寶。大意是想要約他出來玩之類的。非常想要跟你出去玩。差不多是這個意思。

「再把身體洗過一遍吧！」她盯著手機日曆，粗略推估了安全期，露出滿意的笑容。

聖代杯子被踢倒在浴室前的地毯上，濃稠的香草汁液經過一夜緩慢溢流，以漸趨飽和的姿態停滯在杯沿附近。她看著男生熟睡的臉，以及因為翻身而裸露的身體，赫然發覺，選擇一張臉持續盯著，原來是這麼無聊的事。完全沒有電影拍出來的那種美感。還不如看著落地鏡裡坐在馬桶上的自己。隨著鏡面的霧氣慢慢散去，眼前這副經過連夜狂歡的身體，依然如此晶瑩並洋溢水份。

裸裎的身體在摩帖特有的大浴池旁的馬桶上，襯著瓷白，顯現出以往不曾察覺的精緻。這大概是之所以會選擇阿達的最重要的原因了。

「起碼他懂一點男生應該要有的情趣。才多花沒多少錢，氣氛就完全不一樣了。」在低頭挑選浴池旁邊擺放的沐浴精油種類時，她的腦中突然閃現過那段不安的記憶。

「那天，好像也是在這種地方……，喔不，比這裡差多了，就是那種一般的平價商務旅館，床沒這裡的那麼大……。塞三個人實在是很擠。好像隨時會掉下去一樣。」再這樣想下去，心情肯定會變得糟糕起來，她連忙說服自己，這其實沒什麼大不了的。

這就是我。影片裡的那個我，說不定也是自己的某部份。或者全部。

房間裡有黑仔，有放克，正在床上熟睡的男生那時還不存在。也許他存在，只是還不認識。他是在那之後的幾個小時間，網路遊戲上認識的。如果記憶的時間排序正確，出現在影片裡之前，應該也是像昨天那樣，是在某個轟趴後才到那家旅館續攤的吧？

「為了什麼續攤呢？好像是有一場賭注吧？還是原本就約好了的呢？」她記不太清楚。洗澡水墜落石板地面，像是一個個小小的鐵鎚，叮叮咚咚捶打著芊芊記憶體中的反射神經，因為長期對麻痺的需索，反射神經的作用對她來說，根本是無足輕重的小事。

「那時候可能有被激到吧？是Kiki？還是被誰說服的？總之，黑仔和放克這個組合應該是絕對沒有錯的。我記得有刺青，好像是在手臂上，還是在哪裡，不過忘了是在誰身上，明明應該要對黑仔比較有印象才對呀！可是就是想不起來，在床上趴著的時候，那雙扶著自己的腰的手，究竟是誰的……。」她緩緩將身體探入浴池，那間旅館的浴室，沒有像現在這樣可以泡澡的大浴池，令她再一次覺得浴室外那個男生是懂她的。即使他沉沉地睡著。

發表人：就是愛插

發表時間：2008/08/19（20:35）

IP後6碼：148273

內容：

就是愛插啦！

即時通rakny

發表人：誰有她的無名？

發表時間：2008/08/19（20:44）

IP後6碼：192382

內容：

如題。

樓上說得好，就是愛插啦。

2

「幹！怎樣？我剛把到的馬子？」

把影片PO上網的男生對著耳麥興奮地說，唾沫飛濺在耳麥的海綿外罩上，圓圓的晶體映出上揚的嘴角。影片裡的女生，是拍攝前幾個天把到的。有一個星期嗎？應該不到吧？

以他累積到那天以前少量的人生，及心中認識異性的標準程序來交叉計算，這個時間已經夠長，也該夠深入了。

「新把到的？是有多新？」沒出現在影片裡的男生，是影片中那兩個男生在某一場轟趴裡認識的，恰好也是網路遊戲同好，正坐在那兩個男生背後，帶點嘲諷意味地問。影片中的男生之一，正偷偷為了沒能從中看清楚自己的長相感到失落。搞了半天，原來拍起來竟然那麼遠，還以為DV已經擺得夠近了呢！他理所當然地想。可能是那個時候太急了。當然，也可能是早就說好要故意這麼拍的。只是不是知道最後會看起來那麼模糊就是了。

女生的表情和身體清楚就好。男生們不約而同地這麼想。

在錄製這段影片以前，放克一直不能確定，他到底是不是真的有這個機會，能成為影片中的男生之一。尤其是他始終認為自己比較有資格成為主角，即使主配角之間的區隔對他們來說，其實並沒有那麼重要。

「反正到時候，大家會輪流嘛！絕對不會沒事做啦！」黑仔在MSN裡是這麼說的。

而且，聽她的叫聲也知道，我才是男主角嘛，有什麼好爭的？影片裡的放克，身體線條在解析度極差的影像裡被切割成一小格一小格，馬賽克般連帶模糊了一些重點鏡頭。他想回頭告訴阿琪，當時不是這樣的。而正在專心操作網頁的黑仔好像也有相同反應。

「阿琪，怎麼樣？你還沒回答我啊？我馬子？」

因為急著想知道阿琪的回應，又一心想玩網路遊戲，黑仔催促著游標在影片裡女生的臉上來回晃動，不經意地滑近身體，像一隻竄動的手。真的把人都拍得太小了。他想。

「幹！啊你機器是固定的，只看得到這幾個角度，這樣哪知道她到底長得怎樣啊？有沒有別的角度啊？不是說還有照片嗎？」阿琪頂了頂黑仔的肩膀，挖苦地說。

「啊？看不清楚唷？不然這樣，我把她的部落格貼給你，裡面都是照片，你自己慢慢配著看好了！」黑仔看阿琪被挑弄得耐不住性子，倒像是樂於製造這種效果似的，故意慢吞吞地把那女生的部落格網址貼給他，露出不情願的模樣。放克在一旁只覺得好笑。

「啊照片我看了也不能幹嘛啊？還是免了啦！你就把影像檔傳給我就好……」阿琪雖然這麼說，仍是趕緊把頭轉回電腦前，在等待新視窗冉冉開啟以前，先把遊戲裡擁有一對發著螢光藍氣翅膀的英雄，引導往妓院走去，左下角的存款帳目顯示出足夠他這麼做的金額。

「妓院，恢復戰鬥力＋20、增加經驗值＋20及邪惡度＋5」，遊戲指南上面是這麼寫的。

他抓緊空檔調整坐姿，同時覺得，這款遊戲就是這點設計逼真。

「幹嘛這樣？啊你不是已經有Kiki了嗎？少在那邊瞎靠么了……」黑仔覺得欲迎還羞的阿琪有點ㄍㄟ掰，沒好氣地把芊芊的部落格網頁關掉後，想了想，忍不住又重開了一個新的。

「你還是貼給我好了……」阿琪盯著螢幕，沒有露出特別好奇的樣子，黑仔的笑意反射在螢幕上。我就知道他還是會想要。黑仔知道。

如果沒有黑仔提醒，阿琪也不會想到Kiki。或者說，有時候他也不是非常確定自己和Kiki的關係。因為如果可以，實在沒有必要去分得特別清楚。他看了看手機，沒有顯示未接來電和簡訊。螢幕保護畫面是和Kiki在泡溫泉時的自拍照。

Kiki胸前的鳳蝶被用手臂遮住，瘦弱的翅膀似乎欲振乏力。

關係是從某一次早趴後開始。朋友的馬子幾乎都是在趴上認識的，自己當然也不能落人後。酒馬有什麼不好？Kiki不差啊！雖然沒有像黑仔的新馬子，有搞什麼部落格。可是她很懂得如何照顧我。阿琪依照記憶的軌跡回想Kiki，點閱另一位無名女生。

「喂！為什麼你馬子的部落格裡，沒有你們兩個的合照啊？」英雄還待在妓院裡，阿琪覺得比起影片，相簿實在無聊透頂。

「紫—丁—香—落—在—胸—前—便—是—寂—寞—。這是什麼意思？」英雄離開妓院後，神情似乎顯得爽朗許多，他被點擊著走進一片礫石堆疊胡楊佇立的沙漠中，有兩隻怪正在那裡聊些什麼。

「我跟她的合照？」黑仔被阿琪無厘頭的問題推進沉默。為什麼她的相簿裡要放我們的合照？另一款遊戲裡，穿著非常潮的少男少女們，正瘋狂地隨劣質喇叭傳來的強勁節拍舞動肢體，動作整齊地停頓在拍子上，然後充滿旺盛生命力地伸展。黑仔陷入難得的片刻沉思中。

「印象中，我們的合照……，應該是有才對，去夜市的時候不是都有拍大頭貼嗎？出去唱歌和釣蝦也都有自拍啊，而且……，我們也有拍那種私密照和影片啊！」想到這裡，他不禁鬆了一口氣。這樣反而不用擔心會被別人拿來和影片對照了。

「而且，那些私密照，當然不能給你看啦！哈……」想到兩個人的感情正被對方保護得如此小心翼翼，黑仔感到一陣莫名的幸福。在部落格視窗之外，再次偷偷打開那個提供影片載點的網頁，想即時重溫些什麼。

「哎！阿琪，我到底告訴過你我馬子的名字沒？……好像還沒齁？」為了轉移話題，黑仔強迫自己停下滑鼠，回頭卻看見阿琪面前的螢幕裡，女生微低著下頷，因為眼妝而顯得特別明亮的眼睛，正用彷彿能穿透液晶的眼神盯著螢幕反光裡的自己。

阿琪覺得她肯定是在看他。

兩個男人不分先後，同時意識到褲襠裡的不尋常反應。分別在於左右傾斜程度不同。

網咖裡暗沉如一杯不加糖的濃縮咖啡，每個浸泡在裡面的人們，都顯出迥異於明亮的亢奮。光線僅能穿透進門後一步之遙。在裡面，他們毫不遮掩地讓身體好好伸展正值青春的慾念。阿琪沒有聽清楚黑仔到底說了什麼。聲音真的太多了。他只顧著專心瀏覽照片，等待照片開啟，他甚至覺得快能聽到照片裡女生的呻吟了。雖然他明知直接點開影片網頁更快。

「她叫芊芊啦！」黑仔靠在阿琪背上，對著他的耳麥使勁喊。

「芊芊……芊芊……她要比Kiki正多了……」

「下次找機會介紹你們認識啊？她還蠻能玩的啊！」

黑仔盯著螢幕裏的芊芊，像是在確認什麼一樣篤定地說。

不管網咖的背景音如何嘈雜，被選定的句子總是能夠像某種神諭，鑿開所有被噪音、陰影與螢幕閃爍不停的光線分割與遮蔽的障蔽，清楚地被腦袋接收。阿琪頭一次在網咖裡覺得，在交換寶物和合力打怪之外，友誼原來也能被用其他方式交換、共享。

他沒有懷疑所聽到的任何字句。接著，他更表現出對男子漢間義氣及契約的無條件膜拜。這句話沒有被質疑和複述的必要。他樂於享受這份榮耀，同時感激脖子上的關二爺玉珮。握著滑鼠的手背上，錯落如奧運獎牌般的菸疤也向他道賀。

「她叫芊芊啊？……哪個芊啊？」阿琪空手筆劃了幾個芊字，卻找不到哪一個是女生的芊。

「哪個芊啊？我也不知道耶……。我沒想過這個。」黑仔搔搔額頭，有點不太好意思。

「那她是在幹嘛的啊，啊是多能玩啊？」阿琪應該不至於誤解黑仔的意思，可是基於禮貌，還是必須確認才行。他看著紫丁香落在胸前便是寂寞，決定稍微認真了解畫面中的女孩，瀏覽她的網誌、相簿，還有她轉PO的影音。有需要的話，甚至該請黑仔把他們的影片燒成畫質比較好的檔案讓自己帶回家好好研究，而不是只有線上觀賞。以上這些都是必要的認識。

「人家是大學生耶！拜託，現在這種升學率，隨便交哪個馬子起碼也都要有大學的程度好不好？這個時候哪還有可能交得到沒讀大學的女生啊？機率很低啦！我跟你這種咖都可以考上了，……還不交個大學妹，像話嗎？」黑仔用完全不含有僥倖成份的口氣說。

阿琪邊聽，一邊非常努力回想，昨天剛見過面的Kiki，平常究竟在哪裡唸書？或者早就沒在唸書？我甚至連她到底幾歲好像也搞不太清楚，反正這些都跟那場轟趴無關吶！我只知道Kiki有兼差。某些時候因為要上班，不能夠接聽手機。

不過，若從Kiki的打扮和床上的表現判斷，她應該要比芊芊強上一些。阿琪不知道是什麼令自己想到這些。可能是學業？打扮？或是能力之類的吧！我記得和Kiki好像都只在夜裡活動，或是比較常待在昏暗的空間裡。反正兩個人在一起，只要開心就好了嘛！

「畢竟人家是大學生……，打扮都還有一點學生妹的味道，尤其是化妝……。不過現在的女生，好像也很難從他們的打扮看出年紀了……。上次把過一個，看起明明像二十，結果根本才是高中生而已……」阿琪若有所思地看著相簿裡芊芊的表情變化，覺得Kiki不是一個容易被記住的女生，至少表情沒有芊芊豐富。不過也可能和拍照時的光線和當時的心情有關吧？妳看人家芊芊專業多了。

黑仔在描述芊芊的身材時又勃起了。他覺得這是自己喜歡上她、愛她的最好證明。

> 我告訴自己，總是會有人在遊戲中受傷。只是復原速度快慢的差別而已。（繼續閱讀……）
>
> 和疼痛無關。和傷口大小無關。誰來保護我？（繼續閱讀……）
>
> 不懂得人少在那邊……（繼續閱讀……）

紫丁香落在胸前便是寂寞。背景是臥室裡的一個不起眼的角落。重點是要能突顯寂寞，所以裡面不能有人。因為是寂寞，所以背景音樂要是悲傷的曲目。紫丁香單純是個人喜好，畫面底色則是小碎花點點。最重要的是，要有一張能讓瀏覽的男生不會忘記反覆端詳的名片照。

最近一次想要自殺，是在知道影片被PO上網的九天前。被才在一起沒多久的男生，用再爛不過的理由提分手的某日午後。

「今天就送妳到這裏吧！這邊有捷運到妳家……。」男生在機車上說。在一起的第一個周末。

「我今天頭痛，妳自己去上課吧！」男生拖著帶有睡意的嗓子說。剛滿第三個星期的星期一。那天雨下得很大，可是前天晚上的天氣卻好得讓所有人都不想待在家裡。

「嗯！……我不知道怎麼對妳說，總之，我對妳沒感覺了啦！」在一起滿第三個星期的星期六。男生傳完簡訊之後的手機之後就再沒接過電話，遊戲裡也找不到人了。

那時真的覺得自己應該再適合不過被用莫名奇妙的方式結束生命了。就像被莫名奇妙提分手，被莫名奇妙問到決定要跟誰？爸爸還是媽媽？部落格的第一篇網誌，是關於無法被了解與參與的青春生命。你們根本就不懂。這一切真的很痛苦。沒有需要努力的考試。沒有可以傾訴心事的朋友。沒有人願意回家的夜晚。喜歡的人沒有上線。沒有人關心的ＭＳＮ暱稱。沒有人瀏覽部落格。沒有人懂。

所有事情都令人疲倦。真的。你們怎麼能夠了解我？我才不是你們所想的那樣，我不要只是所有人中的一個女生而已。我也有我的想法，也需要被尊重，被需要。

既然活得那麼痛苦，還不如去死。

去死。去死。全都死吧！

103912。這是當晚部落格裡的瀏覽人次。還沒把留言則數算進來。

多麼絢爛的數字。她想。這或許會是我墜落地面前所看過最棒的一組數字哦！

從沒想過，死，原來也可以是如此人氣而有魅力的東西。只要用對方法，就能吸引每個人淺淺的關注，然後輕輕鬆鬆得到遠超出原本所需要的劑量了。

「她裡面都寫些什麼啊？」阿琪看到其中一篇名為「夏天。赤裸的唇」，不解地問。

「什麼寫什麼？」不知道是誰答的腔。

「網誌啊！」他說。

「喔？你看那個幹嘛？我都沒再看那些的……」黑仔沒有回頭，很快地分辨出這不過是個無聊的話題，手指依舊靈活地全神貫注在鍵盤上，敲擊塑膠方塊產生的不同聲響，形成節奏明快的碎拍。

「沒啊！啊你剛才不是叫我先去看她的部落格嗎？」明明沒有人在看他，阿琪還是一臉無辜地說。

「哪有人看人家部落格是去看網誌的啊？我叫你看圖啦！在學校就沒看你那麼愛看字……」黑仔不耐煩的語氣，讓阿琪覺得自己真的是太天真了。

哪有人看人家部落格去看網誌的啦。對啦，我就是這個意思。如果真的讓你去看了芊芊的網誌，你會不會就變得比我更了解芊芊了呢？只是，這種醋意激起的力量，感覺起來好像還是沒有強大到能夠推動自己去看她的網誌就是了。敲擊鍵盤的聲音漸強，黑仔的另一隻手像是有GPS導航，順利行經螢幕和飲料杯，繞過皮包，拿起擺在鑰匙串旁的黑色手機。

「喂？寶貝喔？」螢幕顯示的這組號碼，才是唯一能掌握的。只有聽到手機傳來她的聲音才是臨場的、可觸及的，是真的。

不是遊戲裡的舞者、不是身後的阿琪、放克，也不是女孩的網誌和相簿。

不是影片裡能隨意重複播放的呻吟與對白。

放克什麼時候離開的？怎麼招呼也沒打一聲就先閃人了？

跟在來電答鈴後面傳來的，是以層次豐富的雜音為背景的笑鬧聲。是攤販的叫賣聲、路人的交談聲、餐具的碰撞聲、挪移椅子發出的噪音和熟悉的撒嬌。他又不那麼確定是什麼和不是什麼了。手機換到左手，右手從鍵盤移到滑鼠上，芊芊的部落格相簿裡有幾個加密的資料夾。密碼呢，至少那串數字是絕對只屬於自己的。

發表人：幹你老母

發表時間：2008/08/19（22:45）

IP後6碼：164782

內容：

打舌環，失敗！刺青刺在小腹，失敗！

兩個男的又那麼醜，失敗中的失敗。

+1

我來比較實在。

聯絡電話：0988-626-971。

CALL我喔！

該是女孩的生日吧？

「幹嘛？……就跟朋友來逛夜市啊！」

芊芊大口咬下一截薯圈圈，邊嚼邊在心裡讚嘆怎麼會有這麼好吃的食物。不過就是個不起眼的根莖類而已。她完全不在意邊吃邊說話造成口齒不十分清晰的問題，邊走邊搖晃手機，分心而含混地一下和身邊的男生聊天，一下又和手機裡的男生搭個幾句話。路上的那些女生也都是這樣啊，哪會聽不清楚啊！某一次和乾哥逛街的時候，她隨手指著對街一個穿著打扮幾乎和自己是同樣模子刻出來的女生，理直氣壯的說。

維尼熊手機吊飾好幾次都差點打中我的假睫毛好不好！說不定那個女生也有出過這種糗喔！

「就COCO她們啊！……你之前應該有見過吧？」她的眼睛落攤販賣的一對耳環上，邊說邊對身邊的男生晃了晃手機，比了個腦筋秀逗的手勢，接著咬下另一口薯圈圈。男生示意要她乾脆掛掉電話算了，站在烤魷魚攤販前面隨手點了兩根菸。交了一支到芊芊拿著手機的指縫間。

「拜託！我今天生日耶，這你都不知道？……沒心啦！」她一邊說，像個小女孩般，雀躍地在攤販間轉起圈圈，短裙跟薯圈圈的軌跡一樣揚起沾滿胡椒鹽的邊角。路人頻頻側目，卻沒人敢正視。腳步滑過男生身邊時，他聞到了新燙過頭髮飄散出來的些微柑橘焦味，指尖零星的菸味，旁邊那攤烤魷魚的腥味。這些氣味對他來說並不容易分辨。大部分是菸味吧？他想。

「你現在約哪來得及啊？……太慢了啦！跟你沒緣啦！」芊芊低頭看了手錶，然後是手機顯示的時間，眼神最後回到男生臉上。

「很多人啦……超無聊耶你……管那麼多！再見啦！」她俏皮地對身邊的男生翻了白眼，笑著露出無奈的表情。還是沒有要掛掉電話的意思。

「藍Dun Fine-Cut？」芊芊深深吸了一口菸。這是自己喜歡的味道。她指著男生嘴裡叼著的那根菸，秀出自己指尖上夾著的那根，對他比了個大拇指。男生聳聳肩，報以這麼沒什麼的微笑。手機裡傳來另一個男生的哀求聲。

「那妳什麼時候會到家啊？至少到家以後撥個電話給我好不好？拜託嘛！」

「為什麼要？啊我回家就已經累了啊，幹嘛還要特別撥給你？」芊芊邊說邊對抽菸的男生擠眉弄眼，一臉無邪的笑意，原本表情還有些嚴肅的男生這時也被她逗得笑了出來。

我幹嘛啊？又不是說認識你多久？幹嘛還要跟你報備得那麼仔細啊？她指著一家音樂開得特別大聲的服飾小店，沒有說話，卻也沒有放下手機，像鬧彆扭一樣，硬勾著男生的手往裡面走去。薯圈圈的棍子和菸蒂一併流暢地被順手丟在旁邊的水溝蓋上。

「喂？喂！我聽不清楚啦！反正你就是叫我回家打給你嘛！那先這樣啦！再說啦！掰掰！」終於她，隨便找了個搪塞的理由掛上電話。男生一臉妳早該這樣子了的表情，卻用不是很在意的口吻低身問道。

「今天晚上妳要回家喔？妳不是說妳爸媽很少回家嗎？幹嘛理他啊？」

「幹嘛？你想約我喔？你在意啊？」

「沒啊，看妳要不要去釣蝦啊！還是妳比較想看片？反正妳太早回家也無聊嘛！家人又都不在……。」簡單的短兵交鋒，男生提醒自己，這個時候絕不能追問剛才電話的內容，也不能輕易透露傾向，而只對她露出調侃的眼神。芊芊不想認輸。她不覺得女生敢玩、愛玩有什麼不對。連發的問句迫使男生感到侷促。

「釣蝦也行，看片也行啊！……要不然……去你家好了！反正沒去過嘛！」男生感覺到芊芊的手，在說話的時候好像有種特別微妙的力道，一陣一陣縮放地吸附在自己的手臂上。

空氣裡有夏日夜市特有的濃濁與黏膩，各種氣味、聲音、光線，身上的每個毛孔好像都確實被紛雜的訊息堵塞住，被封閉起來，幾乎就要和外界隔絕了。就是在這種時候，最需要有一個男伴在身邊了。當所有知覺都被噪音和污垢隔絕後，就會覺得自己是受到隔離的、是孤立的。像是被各種不同東西堆積成的圍繞在身體外的護城河，橋斷了，只剩下自己一人。這未嘗不會是一種自我保護？對！我寧可相信，身體是被這樣保護著。是為了保護而隔絕的。一個會玩的男生就夠了。

我不想回家。那裡又沒人。就算有，也是些不了解我的人。既然不了解我，那跟不存在有什麼不同？他至少肯花時間陪我逛街。但是，如果下一秒鐘走進服飾店裡的話，我就沒把握自己會怎麼想了。

「那就……先去釣蝦吧！」她興高采烈地推著男生，蹬起步伐往停車場跑去，因為有那層膜，自己無論做什麼都是被保護的，只要我想，反正隨時都可以把橋拉起來啊！

我是被保護的。

「不過……還有誰會去啊？」芊芊扶著車子的引擎蓋，喘吁吁地抬頭問道。

「妳要的話，我還可以約阿猴啦！」

「你朋友喔？」

「對啊！換帖的，沒關係啦！他人很好玩啦！」男生輕輕理著芊芊因跑步而零亂的頭髮。泛著很重的油煙味。但他享受這觀賞之餘還能帶來的親密感。

「很好玩，是什麼意思？」

芊芊像是夜市街邊常看到的，流連於攤位間的攤販貓，偎在往來食客的臂上睜大眼睛，磨蹭身體討好著。心裡卻忍不住有了疑惑。如果這個時候去逛誠品，應該也是不錯的選擇吧？她想。開車的話，距離那裡並沒有多遠。不過，因為我是給人家載的，又擔心他去那種地方會覺得無聊。還是跟著他去遊車河好了。會不會連我都可能覺得無聊呢！

她害怕停下手邊一切動作，去思考兩人間的對話為何少得可憐。無意義、沒有交集的對話，總比沒有聲音的空白要好得多。只要有人陪在身邊，即使什麼都沒做，也會感覺到充實。男生駐足在停車場旁某賣鹽酥菇的攤販前等待，她側著臉拿出手機，想看看有沒有新的訊息。這是今天晚上不知道第幾次這麼做了。

她曾經以為，就是由於雙方在要見面之前，總會習慣先把手機調成靜音模式的關係，兩個人之間的狀態才會也變成靜音模式吧？如果早在一開始就確定是因為沒有話題才造成這種空白，現在心情也許就會真正輕鬆許多了。

有時候需要的，其實也不見得是多高層次的感情啦！她看著那些被切成丁杏包菇，足夠情感的低消程度，差不多也就可以接受了。鹽酥菇剛起鍋時，只是沒有鹽味的酥的存在感，灑鹽便是使它之所以為「鹽」的最後程序。她覺得和男生之間的味覺也是如此，說到底，都不過是貪戀那些停留在對方肌膚裡的，外在於自己的味道。

最後需求一致就行了。

至少我喜歡被這樣對待。

我知道何時該摟得緊些，也知道，以某個微妙的力道勾著，最能恰好等比例滿足彼此的觸覺需要。大概是讓鼻子能剛好嵌在男生脖子附近廝磨的位置吧？

車裡的空氣被油煙、醬料、菸和分不清楚是汗還是垢的氣味充塞。是在某次和別的男生在同一個夜市裡逛街時，突然意識到這些細微的不同。終於能夠專心享受夜市所帶給自己的全部，而不再因為身邊男生的遞換而有不同的感覺了。逛夜市的美妙之處，並不在於身邊陪伴的人是誰，而是如何去感受夜市給予自己的一切自由。那豐富、善變、不需留戀，也無人能分享的氣味與知覺，然後終於連自己也消失在氣味、顏色和聲音之間。我的完整，來自於意識到身體正在以某種不穩定的方式消失。某種步行的速率。這和男生的步伐大小、談吐、品味甚至體溫全然無關。

夜市被他們越甩越遠，對芊芊來說，真正用來辨識彼此曾經共同的部份，正是兩人身上挾帶的氣味。相互確認在彼此的世界裡絕對存在的幾個小時。直到氣味消散以前。手臂殘留有投完籃球機後的痠疼、吃烤溪蝦時不小心滴落在衣服上的醬料污漬、布偶從娃娃夾上墜落的聲響。偏偏想不起來男生當時在做什麼呢？是一點印象也沒有？還是印象太多？

總是這樣子。有時候，同一個夜市和不同男生重複逛過幾次之後，和誰曾吃過哪家攤販、又曾和誰玩過夾娃娃機、拍過哪些拍貼店裡的哪一台機器、甚至走進固定同一家便利商店、汽車旅館，都像是在搓揉一團小時候常玩的餐廳黏土那樣，最後被模具印壓出來，成為不規則混合各種色彩的漢堡肉或是雞塊、薯條之類固定形狀的記憶。

應該到了該要遠離誤食它們的年紀了。

只不過我剛好是記憶中的女主角罷了。

曾經想像身邊的男生，說不定也和自己有相同的經歷，全都是因為開啟了靜音模式的關係。總覺得要打破那種沉默，所需要的不是只有勇氣而已。

如果用「剛剛那家娃娃機裡放的娃娃都好難看喔……」這類的話題開始，可能得到的回答大概是「我跟妳說喔，我有一個朋友超會釣娃娃的……」之類。倒不如利用這個空檔補妝，或是傳簡訊什麼的，還比較不麻煩吧。不用現場想東想西的。如果說錯什麼的話，不是尷尬極了嗎？

車內飄起除了鹽酥菇的椒鹽外，另一個不是藍ＤＵＮ的菸味。她正試著替指甲塗上均勻靛紫色指甲油，陶醉於自己的皮膚竟然能夠如此柔嫩、光滑緊緻，接近透明。男生則企圖以菸味覆蓋指甲油的氣味。要不是穿著衣服，搞不好還可能消失在充斥ＬＥＤ藍光的車裡哦！如果真的用這個方法消失的話，身邊的男生會發現嗎？

你們都是視覺的動物，不是嗎？透過後視鏡看著男生。男生正專心地皺眉咀嚼著。

夏季，女生用手背輕拭額尖的汗，汽車音響播放著重拍音樂，車窗雖然完全敞開氣味卻遲遲揮之不去，有城市與郊區交界地帶的水泥溼氣飄進車內，然後是一陣銳利割開鼻翼的蝦腥。

「除了阿猴，還有其他人嗎？」芊芊收起指甲油，邊問邊拿出手機把玩，並以男生不太察覺得出來的速度偷看來電顯示。沒有未接來電。沒有未閱讀簡訊。今天的狀態，不適合上ＦＢ。

「妳是有想要誰去嗎？」男生略微調整視線，他不明白，除了自己，這個女生還想認識誰。

「沒有啊！我又不認識你的朋友，就無聊問一下而已……」她想了又想，卻覺得自己的答案實在好笑。我認識你其實也沒多久啊！

「那釣完蝦以後咧，」

「有想幹嘛嗎？」男生又簽了一塊鹽酥菇放進嘴裡。

我還沒想那麼多。男生透過後視鏡與女生四目交接。這是他們頭一次以正眼確認雙方。從某個彼此都覺得是自己比較好看的角度。

「怎麼？」她只能想到這個回答。

「沒有啊！無聊問一下。」男生對這個問題有點措手不及。

無聊是一個對此時的雙方來說，再完美不過的詞彙了，它能夠一併消除所有必要或不必要的接續與僵局，也能回答任何有關目的的問題。無聊是一件多麼幸福的事。所有繁瑣的場景就都交給無聊來解決。它會解決的。男生的答案讓芊芊心有靈犀。

原本她想打電話給某個人，但要是電話撥通的話，她可能就變得不無聊了。那只剩下男生一個人無聊的開車，不又是另一件很無聊的事嗎？這樣他有點可憐。因此她決定只瀏覽電話簿裡的名單，卻又想不起來剛才想打給誰了。

「那不然就等見到阿猴再說吧？反正也還不知道要釣到什麼時候嘛？」男生想了想後這麼說。

手機螢幕顯示的時間是凌晨兩點五十三分。爸媽回家睡覺了嗎？我的房門應該是鎖上的才對。明天的課是十點開始。那個總經老師老是喜歡遲到。芊芊覺得有點睏，卻又告訴身體現在還不是時候。

發表人：大錯特錯不要來
發表時間：2008/08/20（01:15）
IP後6碼：234141
內容：
拍得那麼不清楚，也不近一點拍，
就看到三個人晃來晃去。
不射了不射了！

發表人：想太多
發表時間：2008/08/20（00: 23）
IP後6碼：176521
內容：
真是鮮花插在牛糞上！

不是鮮花，何牛糞之有！
還不就是幹一幹，
然後大家開心，幹完收工？

3

「我跟你說喔，雖然是兄弟，但是還是要講點起碼的規矩，沒錯吧？」黑仔將菸點燃，靠近放克的耳邊。

「怎麼說？」放克沒有放下手機，直直盯著手機似懂非懂。

「畢竟……，我們關係還是不太一樣嘛，你也知道，現在這樣……，總是要在乎一下的嘛！」講這句話的時候，黑仔呑呑吐吐猶豫不決的樣子，讓放克覺得滑稽。

「這也是問題啦，……到底我和芊芊，適用這句話嗎？」黑仔在他和放克之間的空隙彈了彈菸灰，眼神迷濛地看著放克手機遊戲裡的角色互相射殺。手機按鍵音嘀嘟嘀嘟像是在傳達某種他無法解讀的訊息。他覺得這句話突然變得好難。

放克昏沉的腦袋裡覺得槍聲離他好近，就像在耳邊擊發，不停有跳殼和換彈匣的聲音穿插其間。最近網咖的喇叭真是越用越高級了。有時候玩手機遊戲還比較能夠放鬆呢！對於這種粗糙音質，反而有種低標的真實感。

「我知道啦！這個到時候我會拿捏啦……。」真是的，也太不乾脆了吧？放克邊回答，邊把啤酒罐子捏扁，往身後的草叢隨意一甩。滿不在乎地又說。

「那你就先他媽的直說你到底想怎樣就好了啊！這樣不是比較快嗎？」

「說什麼？」黑仔抓抓小腿上那張鎖著眉心的鬼頭，順便用指尖的菸驅趕正在水溝蓋頂猛力交媾尋歡的蚊蠅。還有什麼好說的？黑仔有點後悔自己提起的話題。讓他有示弱的感覺。

「就是那個女的的事啊！萬一媽的一開始大家說好玩玩，結果你他媽的事後介意起來，那兄弟還做不做啊？這個啦！」放克卸下耳機，把手機調整成播放模式，點了根菸。

手機喇叭傳來雜音版的Lady Gaga的Just Dance。而它的厲害之處就是總會讓你覺得聽到的根本就是另外一首歌。不過身體總能夠被輕易說服。相信只要夠吵、有聲音就行了。

「怎麼會？哪可能啦！」黑仔不以為然的說。你怎麼會這樣想？我們是兄弟耶。

「我們是兄弟耶！啊這種事就是這個樣子啊！又不是說要天天給你幹？你緊張什麼？而且，只不過是一個馬子而已！又不是老婆，你怎麼那麼不會想啊？啊？」他又好氣又好笑地打量起放克的神情。

放克稍微調低了棒球帽的角度，回看黑仔，深深吸了口菸。不過是一個馬子而已！又不是老婆，這句話，在身體裡像是也吸飽尼古丁一樣衝撞著肺葉。混合剛才在網咖裡吸收的份量，他感到從未有過的浮力。

「不用問她的意見喔？畢竟是你的馬子……」放克越想越懷疑自己可能不是一個阿莎力的人。平常上自己馬子的時候，就從沒想過要先停下來問女生給不給幹。現在倒還真他媽的像個紳士。幹！明明就是你先提起的，怎麼變得是我比較在意她了？

「你說誰？芊芊喔？幹嘛問她？給幹就幹，不給幹就不給幹，哪還講那麼多啊？再多幹個幾次就把她甩了啊！我們是兄弟耶！義氣！是義氣！好不好！而且都跟你講好了……。」

「給我幹和給你幹還不是都一樣？唉唷……拜託，別人都已經這樣幹翻天了，你跟我才第一次……，怎麼就緊張成這樣啊？」放克覺得自己其實一點也不緊張，反而是有點興奮過頭了。

「你不要我已經答應你了，到時候你還給我軟竿喔！我會說出去喔！」

「靠杯喔！」被黑仔推了一把，放克也不甘受挑釁，兇狠地回敬了他一拳。

兩人亢奮的口吻，在夜晚的公園裡快速地擴散著某種激素，喚醒了每一隻寄居在草叢深處的流浪狗，意外得到牠們熱烈的回應。

嚎鳴聲中，放克努力不露痕跡地認真揣想那個片刻。

我應該會小心翼翼愛撫她才對。不，我一定會。我還會很專注地欣賞她的打扮，然後才脫掉她的衣服。看著她一樣一樣卸下耳環、胸罩，甚至應該要讓她覺得，我比她的男朋友更細心地深入她的身體。還是心裡呢？……都要好了……。

街燈在樹葉遮蔽下，明滅如芊芊褐黃色的放大片。會因為喘息而眨呀眨，因為激烈的搖晃衝撞而找不到可以凝視的焦點。我一定可以的。必須要讓她知道，我也是充滿感覺的。雖然現在還不確定成份中是否含愛。

黑仔壓根覺得放克的想法是多餘的。

「好玩就好嘛！你都沒有玩過嗎？」他拿起半退冰的啤酒，搖一搖，鋁罐裡發出熱風吹掃落葉帶來的略顯乾枯的聲音。放克心裡也隨著他的話與手勢，快速迴旋。

就嚴格的判斷標準來說，他必須承認，這的確是過去不曾體驗過的部份。

高二的時候，還聽過有男女同學趁其他人出去上體育課，躲在教室裡做愛的校園傳說。那時還只懂得跟一群男生鬼混，為了表現男子氣概，把破處當成是畢業旅行必要完成的儀式。當然也可以提前完成啦。只是畢旅是兄弟之間不成文規定的最後底限罷了。搞不好現在的國中生就和我們那個時候的標準一樣了呢！

十八歲那年，高三寒假，終於趁畢業旅行，在其他男生的鼓譟下，把班上一個明明不喜歡，長得肉肉的女生處理掉了。留下了拙劣與不堪的回憶不敢說出去。我努力告訴自己，這全都只是為了滿足儀式必要的程序而已。沖洗下體的時候，女生還躺在床上，對著浴室裡的我滴下了看似承載了幸福的眼淚。我射時對她說了什麼嗎？

還是我根本不敢說出去，自己第一次性經驗竟然是射在單人床旁邊的絨毛地毯上。

在倉皇排泄掉某種青春之後，放克尚且不能確定自己是否做好了成長的準備，身邊的女同學在當晚成了女朋友。

直到畢業旅行回來後的第四個星期，介於第二次模擬考和第二次段考之間，自己終於覺得經驗值已經累積到了該升級的階段，那些在朋友們交互傳閱的色情光碟裡出現的姿勢也都操練得差不多純熟的時候，女朋友回到了女同學的身分。

高中畢業那年，很多東西都有過被悲傷和成長交互踐踏的經驗。他莫名奇妙考上了大學。女同學帶著剝落的血色與失溫的記憶，考上另一所大學。奇高的升學率保護著兩人跌跌撞撞的青春得以延續。我們沒有再見過面。

放克到現在都覺得那是他人生中多數汙點中，最深最暗的一灘了。

「跟那麼醜的女生也得幹下去……」他把這句話放在潛畢業感言裡，然後，開始在新鮮的環境裡繼續自己略呈腐敗的人生。在衝刺班時認識並一起鬼混的黑仔，也順利考到離自己讀的學校鑾近的大學。那是他充滿驚奇的大學生活的開端。

「真的好玩就好嗎？」在倉促回憶過曾經覺得不會再回憶起的少年時期後，他知道，不想去面對的或許並非行為，而是那張女生的臉。黑眼圈、略油的髮質、微厚的嘴唇、肥胖紋、陰部的異味。他以自己能夠聽到的音量，一再重複黑仔說的話。

「就好玩嘛！」

「你不愛她嗎？」放克的眼中透露了這個訊息。他本人卻沒有意識到。

「你不愛芊芊嗎？」他感覺自己的眼睛裡應該只有血絲。你如果不想回答，也沒關係，就這樣繼續下去也不錯，何況，我又不是非她不幹。

「啊哈！你也拜託一下好不好！又不是要你做她男朋友，你就想像，其實這只算是半個一夜情，不過就是加了你的好朋友，我，一起玩而已啊！」黑仔覺得，要是電視購物頻道也有開放推銷女生這項商品的話，他的業績絕對會是最好的。

「說真的，不要就拉倒啊！這樣我還比較輕鬆咧⋯⋯，也沒人逼你⋯⋯，反正對我來說也沒差啊！」依他對這個朋友的認識，軟硬兼施恐怕是再適合不過的方法了。

「芊芊真的不錯啊！你也不想想，我跟她求了很久耶，」

「⋯⋯拜託一下，你可以去外面找找看，還是上網看看，沒有人會那麼阿莎力，把自己的馬子讓給好朋友幹的啦！是因為我也在場，所以才准的唷！平常你可別想喔！」以退為進也不錯。黑仔思忖。

「我沒有說不想啊！只是想說⋯⋯」

「連想都不用想啦！你看，連規則我都替你想好了⋯⋯」他挪了挪屁股，離放克更近的地方，肩並肩頂了放克一下。在說話之前，手中最後一截菸蒂被輕快地彈越公園步道。

「遊戲規則很簡單，就是，我是他男朋友，所以可以不用帶套，啊可是你要戴，怎樣？夠簡單清楚吧？」黑仔興奮地接著說。

「那當然啦！其他地方就隨你高興啦！沒什麼禁忌啦！愛怎麼用就怎麼用，如果再不行，就是我做什麼，基本上你都能做啦！如果你自己有什麼想法的話，就看到時候她配不配合就行了！」像是很義氣似的，黑仔說完，大力拍了放克的背。

「喔？對了！如果你到時候真的不太會的話，那就盡量自己找事情做……，這個……A片都有演嘛！照做就行了……照做，照做！」他點起下一根菸，徐徐對著夜空吹吐。

煙的形狀在街燈的映照下，看起來像芊芊的臉，像她的身體，像三個人不分彼此交纏在一起。放克再勸自己不要去擔心友誼變質與否的問題，因為連友誼存不存在都還是個問題。芊芊絕對是他的菜。這件事從黑仔剛開始巨細靡遺交代內容時自己激烈的生理反應可以確定。他整了整褲襠，從口袋裡掏出手機，覺得晚風微涼，可能是因為身體發熱的緣故。

「明天你幾點的課啊？」放克用下巴指著手機螢幕顯示的時間問道。

「不重要啦！都搞到那麼晚了，明天當然自動放假啊！對了，要不然你陪我去挑個T-shirt吧？聽說夜市巷子裡有新開幾家小店，裡面的女生好像都很屌喔！」

「是喔！找芊芊陪你去啊！」放克懶懶地釐清糾成一團的耳機線，頭也沒抬地說。

「呵，她自己有活動啦，你他媽的，還沒幹到就已經開始想她了啊？」黑仔話中微微的醋意令放克噁心。

「也可以不幹啊！有什麼了不起？」他的反擊出乎黑仔意料，但是對黑仔來說，終究是發表人：有沒有人知道他們是那間學校的啊？

發表時間：2008/08/20（02:31）

IP後6碼：176612

內容：

如題。

過於軟弱的推託。

「沒有啦！開玩笑的啦！幹嘛真的生氣啊？反正明天再Call你啦！要開機喔！」

「走啦！去SEVEN買個喝的吧？」黑仔摟住他的肩膀說。

「我比較想去廁所。」

公園入口的停車場裡，許多車子保持著恰如其分的距離散落在停車格裡，深色玻璃窗、降低避震的車身和改裝車特有的鐵金剛造型尾翼，黑仔用手肘頂了頂放克說。

「喂，現在還停在這裡的車子，裡面大概有一半都在忙著打砲吧！」

「是喔！」

放克心想，黑仔根本不需要特別提醒這種大家從高中時代就知道的事情。

報紙上有。網路上也有。甚至你我以後也可能這樣啊。

「另外一半呢？」放克問。

「也應該是躲在公園角落打野砲吧？」

被Kiki勾著的手的時候，常常會有很不舒服的感覺。尤其在夏天，這感覺像是會自動找到傳染路徑一樣，通過她那支細瘦白嫩的，上面灑滿淡褐色斑點手臂，在途經略鋪著不怎麼均勻的汗毛的小手臂，直直傳抵中樞神經。和她站在一起，我是比較肉一點啦，我承認。但這只是相對來說，看起來是這樣而已喔。

在沒有跟同一個男生做過以前，我跟妳都一樣是獨一無二的。她常常會目不轉睛看著Kiki身上許多地方，然後試著以這個結論說服自己。並不是不願意和Kiki一同出現，只是不甘心男生把自己當做是她的影子。我也有特別的地方啊。芊芊不認為這裡面有任何同儕壓力，僅是在如何標明年輕女生間差別的這個基準點上，她是具有有別於身邊這個女生的特質的。

她會注意Kiki身上諸如耳環、後頸、嘴唇、眼影、小腿肚，以及還不曾塗過重複顏色的指甲油，在腦海裡描繪一個被重新組裝過的年輕胴體，然後再握緊姿勢不正確的拳頭，朝那具無人認領的新身體，與那張令人討厭的表情凌厲搥打、踢、擰她的肉，甚至根本不讓她有穿衣服的機會。那是一具塑膠、硬殼的人形衣架。一具已經被認定是被許多男生玩弄過的軀幹，破爛得連其他女生都不會為她掉眼淚的娃娃，即便她也可能是狗、是貓、是一塊爛海綿。反正她一定不是我。芊芊拉扯棉被的一角，好讓棉被能覆蓋全身，僅露出一點點讓臉能夠符合巴掌臉大小的部份。她為了下顎後面仍然太過豐腴而在鏡子前厭棄自己。即使每個姐妹都說那叫做嬰兒肥。既然已經是嬰兒肥了，自然就不是巴掌臉了。她想。

男生乘著一襲熱氣從浴室裡走出來時，因為房間鋪滿地毯的關係，她有種眼前這個男生竟如此輕盈到連跨步都了無聲息的錯覺。比起另一個男生，他顯得纖瘦許多，與其說是骨感，不如說是一種經過刻意營造的，因為身體略微駝著而造成的結實感。不屬於肌肉型的壯，但要是再緊捏下去一點點的話，那些充斥神經的高潮可能會在指尖觸及男人骨架的時候，全面縮回自己的身體裡，然後以反胃的方式表現。那麼下一刻就會在心裡響一陣咒罵，還有手機按鍵音了。也不能比我還瘦吧？

「男人？」她想。在經過仔細挑選後，這是她僅存能夠讓步的姿勢——在高潮的時候，緊抓著自己的大腿或是枕頭不放。男生說他不喜歡手臂上有抓痕。

起初她對身體的感覺很薄弱。藉由時間、不同空間、形式各異的接觸，溫柔的撫摸、粗暴的揉捏、指尖內的皮屑、嘴角的血絲、齒痕，頸子周圍的瘀青與醫生診斷書上字跡潦草寫著陰道內擦傷。芊芊終於組裝成一個年輕而無瑕的身體。

「欸，說真的，妳真的越來越有女人味了耶！」這是她某一次和Kiki泡溫泉時，Kiki對她說的。

她為此還高興得流淚，整夜沒睡，因而索性約了另一個對她不錯的男生，到他的宿舍裡旁若無人地瘋狂地做愛。被搗著嘴的尖叫聲還讓那個男的提早射了。

「這不是說妳老，或是成熟什麼的喔，不知道為什麼，就是覺得妳的身體……，越來越漂亮了，不是那種漂亮，就是覺得和以前不一樣了耶，真的，妳真的……，我說不出來啦！」說完，輕輕舀了一盆白濁的泉水淋在身上，濃濃硫磺氣味滑過玲瓏有致的曲線，激盪起清嫩的水花。芊芊靠在池子邊上，隨著Kiki的目光，像是在審視一具全新的軀體那樣，好奇地賞玩著每個Kiki眼神遊走過的細節，雙手因為不知道該怎麼擺放而突兀地在水面浮沉。

「真的假的？不要騙人耶，我怎麼覺得沒什麼差？」她倒是覺得Kiki才真的有女人味。真的。

「是真的，芊芊，Kiki不說我還不覺得，現在仔細一看，真的，不一起泡溫泉，還真不知道妳已經變得這麼不一樣了呢！不是也才剛上大學沒多久嗎？……。」正躲在一邊講手機的Nico，這時也用手遮住話筒，像是怕被手機那頭的男生聽到其他女生的聲音那樣，悄聲的說。

「真的！有讀書還真的有差喔！」芊芊分不出Kiki語氣是嘲諷還是誇獎。根本不給Kiki有這個機會，就先用手中的勺子舀了熱辣辣的溫泉，往另外兩人身上潑去。

「妳們少來啦！我們都是一起塞上大學的好不好？還在那邊假靠夭？真討厭耶妳們！」她一邊說，一邊看著Kiki，為她臉上的妝並沒有因為被溫泉潑到而花掉感到些許惋惜。

「唉唷！這有什麼……」

雖然Kiki口中這麼說，所有池子裡的姐妹們，包括芊芊，接下來卻都像是訓練有素一樣，隨著她率先起身的動作，有默契地一一離開池子，從各自的包包裡找出鏡子，認真挑剔起自己混合了汗和溫泉的臉，一張張被化妝品巧妙縫補過的表情。緊接著，則像是已經在家中反覆訓練過好幾次一樣，認真地對著鏡子，擺弄出幾個必要的、常用的表情，確定這些表情在被整頓之後，已經還原成本來的樣子。

收起鏡子的「喀」的一聲此起彼落響著。她不會忘記這個聲音，這個聲音表示開始，一種值得信賴的哨音，它告訴我，我已經被完成，被完整成一個女生了。

在稍事休息，等待男生們陸續來門口接自己離開的時候，女生們會像是突然想起了什麼似的，如推倒骨牌一般，一個一個低著頭從包包裡掏出手機，有的回覆簡訊、有的撥打電話、有的玩起手機遊戲、有的聽MP3。芊芊正在為了挑選一個她平常比較少用的辭彙，不停地按著手機鍵盤的上同一個按鍵。「蠱惑」。她在溫泉餐廳門口看到的斗大海報上的文宣：「蠱惑身體的氣味，放縱心靈的Neverland。」她把這句話用簡訊傳給另一個不是來接她的男生。在放縱心靈前面加了我是你三個字。你知道嗎？你身體的氣味蠱惑了我。那個男生會唸這個字嗎？不會唸就算了。她決定把簡訊發送出去。

從背後緊緊摟住男生，把臉微微沉陷進男生肩胛的凹槽裡時，男生的體溫縷縷地穿透衣服傳送過來。竟然比牽手、擁抱和做愛時感覺到的溫度還要真實。真不敢相信。

她在心中描摹一幅男生從背後緊緊抱住自己的畫面，他會不會也和我一樣有相同的感覺？只不過這個時候我是被載的人，而另一個時候，我是被幹的人。如此而已。她不確定這兩個動作對不同性別的人來說，會不會就有不同的感覺。但兩個動作的確有不一樣的地方，不過，若是仔細一想，好像也沒有多不一樣就是了。

男生含著煞車的手指上的菸，在街燈急速向後退去的夜裡顯得格外脆弱，街道上投射著街燈和白色ＨＩＤ車頭燈的光源，在這種光源底下的自己一定很美吧？不過因為男生抽菸的時候往往都會瞇著眼，加上是在後座，也不知道自己這種美感何時才會被男生看見。

後視鏡裡看到的男生的臉是相反的。她提醒自己。

往夜市的路上，男生慣常在速度與縫隙裡穿梭，她則靜靜享受這個再真實不過的寧靜。有時候，無聲的片刻往往比笑鬧的場合更令人流連。雖然大部分時間都覺得這是騙人的。我怎麼會知道安靜的時候的那個自己都在想些什麼，又在做什麼。反正無聲就是令人恐慌。

「還是有聲好了……。」她的表情在男生裸露的背上輕柔地婆娑著。她幻想自己是貓。穿著背心的男生的綽號叫做小可。一個女性化的名字。略胖，但不到鬆垮，從沒見過的如此發達的體毛，好險只出現在背部以外的地方。

和他是在修一某堂通識課上認識的。因為座位是老師安排的，加上彼此都不是怕生個性的人，很快地就覺得兩個人在某種程度上，確乎是彼此相互需要的對象。她認為新鮮是作為大一生的首要條件。其次是緣分，而且小可的肉感讓我有一種眼神不知道要看哪裡的失措感。這個很難得。小可用自己的前女友做為開場白，芊芊則以自己的前男友回應。

永遠正值失戀的狀態，有時是必要的背景。反正話題馬上就會離開這裡。

然後芊芊很快發現，和小可相處的大半時光裡，兩人無話可說的時間越來越長，但似乎又不是那種剛認識時帶有靦腆性質的沉默，是連自己也不太適應的空白。小可是個好男生，好男生在討論歷任女友時，總會基於顧慮女生的感觸，很快地適可而止。不過，我的感情座標是非線性的，就是這麼一回事。

芊芊覺得，她的感情該用物理的，空間性的方式思考比較恰當。不過因為她高中讀的是一類組，能像現在這樣指認出自己的感情座標是屬於非線性的，已經很不容易了。

「反正多出來的部份也不能講。」她想，這只是是單純需要與否的問題。她不否認需要，懂得自己需要什麼的人，永遠比知道自己需要什麼卻怯於爭取的人得到更多。她就是在這一點差了Kiki一大截。

她覺得像逛夜市這種課後活動，能讓自己得到一種特殊的充實感。不是那種享用各種美食時的飽足感；也並非逛街時買衣服、挑選化妝品這類活動所產生的物理滿足。更不是做愛後會出現的，帶有疲勞性質的充實感所能比擬的。

對芊芊來說，走在這條已經跟不同人逛了不知道多少次的夜市大街上，所有的選擇都是對她全然無條件開放的、複數的、無私的、自由的。無關乎身邊牽的是誰的手，正被誰摟著腰、和誰擠在狹小明亮的拍貼機裡、下一秒鐘因為衝動而到小巷裡的賓館進行一場玩笑性質的做愛。

可以選擇自己想吃的，可以好幾樣吃的全部握在手上，不吃也無所謂，吃不完也無所謂，也不會因為一口都沒吃就把它們丟掉而感到心疼。走進攤販充塞的鬧區，無論吃多、吃少，或是食物放到冷掉而丟進垃圾桶。全是自由的。而且不分男女。瑣碎的人生事件對她異常重要。

這就是她之所以熱愛重複滯留在夜市裡最重要的原因。像隨季節而來的風暴，非但不易減弱，反而因為青春，更顯現強悍旺盛的意志，即使不惜破壞原有的結構。

當芊芊被別的男生搭訕時，小可正被同一群男生的某部份圍在牆角，顯得無助和惶恐。那是在一條有街燈的巷子裡，因為情勢一面倒和閱歷的關係，她不認為會有什麼令她吃驚的意外情節發生。她正要留下手機和綽號，卻因為聞到巷子裡飄散著自己最愛的香蕉巧克力口味可麗餅味道而稍稍停筆。隔壁的拍貼店正大聲放送的日本近未來女子團體Perfume的〈ビタミンドロップ〉，當她回過神來對那群人大喊「不要打了，不要打了」的當下，她覺得這個場景好像似曾相識，不知道在哪裡也聽誰這樣大聲喊過。絕對不是音樂錄影帶裡演的那種。

其實這件事根本普通到沒什麼好質疑對錯的地方。小可緊握著拳頭對著那群人的背影和芊芊揚言要落人來報仇時，現在她突然覺得眼前這個明顯居於弱勢的男生無趣極了。或許早就有這個感覺了，當小可站在誠品裡的新書區，翻看那本叫做《長路》的小說顯得津津有味的那個瞬間，我就應該知道他是無趣的吧？她把玩著手機，好險剛剛有留下對方的聯絡方式。

可麗餅最好吃的口味，絕對是香蕉巧克力。

小可的臉，還有他的穿著、他說話時的手勢和機車排氣管的聲音，在芊芊的腦中聚縮成一個聽起來就覺得單調乏味的課程名稱，在星期四跨中午，可以邊吃午餐邊聽音樂的「搖滾與人生」。她記得，小可曾經坐在她旁邊，邊吃便利商店買來不怎麼可口的排骨便當，邊告訴她，凡是叫做「什麼與人生」的，幾乎都是開來當營養學分的。她記得有在課堂上聽過一首叫做〈C'est la Vie〉的歌，女主唱的聲音很好聽。她記得自己因為老師放了這首臺灣樂團的歌而多去了一兩週。但不記得那個團名了。

芊芊把小可從FB上封鎖加刪除的原因，並不是因為他做錯什麼，只是單純覺得就像是修錯課，或是走錯教室那樣，沒有旁聽過、也沒有打算修課的話，那就趕緊低頭、關門、離開。連那個人生前面的「什麼」都不要知道最好。

芊芊在猶豫，到底要不要把那個在夜市裡搭訕她的男生加進名單裡？如果要加他的話，又歸屬哪個群組呢？

她沒來得及按下確定，另一個對話框又從螢幕彈了出來，另一個男生正發出叮咚叮咚機械催促音。

等一下再加他好了。她決定要先跟對話框裡的男生說些什麼。

什麼都好。

4

「把過程拍下來？真假？」放克的驚訝聲穿透耳麥，直抵黑仔腦門，逼得他連忙側過身去，扯了放克正在操弄鍵盤的左手。眼瞼在昏黑的環境裡快速眨動，閃擊出某個訊號。

「噓！你有必要那麼大聲嗎？」

「為什麼要錄啊？你馬子耶！」放克接收黑仔眼中發出的訊號，調整那個早經一再確認過，只適用於兩人間的波長。某些段落越來越不清楚。可能是網咖內的光線真的太昏黃了。他只覺得兩眼發酸。

「你就一點都沒想過，錄下這珍貴的一刻？拜託，怎麼可能？你腦筋燒壞了喔？假什麼掰啊？你……，平常不是最愛看網上的自拍影片嗎？」黑仔覺得，與放克間距離應該沒那麼遠才對。是什麼時候交錯的呢？他沒有關於這個部份的印象。

「咦？我連跟我馬子都沒錄過，現在還要去錄自己跟你一起幹你馬子的影片？」

「……我們最多就拍拍照而已……。」放克小聲呢喃，連忙轉頭回去。他分不太清楚回頭的用意，究竟是怯於回應這個部分的自己，還是相較之下，和女朋友只有拍照而已實在是一件丟臉的事。輸了。人家連女朋友都可以……，我卻連把和女朋友的經過錄起來的經驗都沒有。他媽的，還不是她害的。說什麼錄也可以，不過檔案要放她那邊……，放她那邊有什麼意思？用拍照，至少我們還可以各自留一份底。

不過，如果一人是一份的話，為什麼她還要放在部落格相簿裡呢？幹，我也不瞭啦。

放克的雙手在滑鼠和鍵盤上飄移出一片淡膚色模糊的次元，容納他的氣憤，一點點羞於啟齒的男子氣概。暴露在螢幕發散的輻射線底下，他彷彿正在進行一場近距離魔術秀。企圖要俐落地隱藏自尊，隱藏缺憾。指尖顫動，順從地依著喇叭發出的不真實的類死亡音效，靈活地在空中跳躍。缺憾對他而言，就是只要讓黑仔閉嘴就行了。

「拍照也會啊，可是，難道你就一點都沒想過要留個影音紀念嗎？」黑仔沒有放鬆，認真看著放克。想啊，可是，那個是你馬子耶。這樣真的好嗎？

「拜託！這種經驗，那麼少遇到，又剛好大家都是認識的，拍起來比較不會尷尬嘛，而且，你也有參與啊！應該更容易進入狀況才對嘛！」明確接收到放克混雜了羞愧和猶豫的訊息後，黑仔像是確認過已經不會再變動的，剛剛地震過後的斷層，那個重新等待能量蓄積的時期，他知道何時會爆發，快了，只是時間早晚的問題。

黑仔目不轉睛地看著螢幕裡動作劃一的角色，對他們的表現滿意地點頭。放克的臉在螢幕的反光裡顯得格外醒目。他舉起手，他放下手。放克缺乏的，就只是那麼一點點長大的勇氣罷了。黑仔想。

答應一起喬芊芊，與答應把過程拍下來之間，其實一點距離也沒有。根本就是同一件事。黑仔彷彿能理解放克遲疑的理由，若無其事地接著說。

「把她當成自己馬子來幹不就好了嘛！有這麼難嗎？」放克沒有說話。

「你就把她當你馬子幹就好了……」黑仔想了一會，又重複了一遍。

螢幕左上角的對話框裡，飛快地向下推擠出一句又一句混合了顏文字和點點符號的句子。黑仔的視線就像是為了液晶螢幕裡常見的子母畫面而生似的，伴隨對話的節奏，優雅溫吞地一面微調五人熱舞團體的姿勢，一面從容回覆。

舞團名叫「拉King」。他只有偷偷跟芊芊說過這個秘密。

那天他正好抽著從朋友那裡擋來的一包水貨Lucky Strike。

「水貨Lucky的味道和K的味道有點像喔。」他記得那天是從這句話開始的。

放克記得，這是他和芊芊頭一次認識的那天，芊芊在KTV包廂裡拉K時突然抬頭對他說的。

「大概因為是拉K，Strike啊！」他記得自己當時回了這句話。真他媽的是個爛梗。現在想起來都覺得丟臉。倒是芊芊看起來笑得挺開心的啊！是因為K、笑話，還是因為我呢？

而且味道根本就不像啊！她不是抽維珍妮嗎？

唯一可以肯定的是，那個時候不管自己怎麼使勁聞，深呼吸，聞到的都只有芊芊的味道。包廂裡同時有好多味道喔，為什麼只聞得到她的味道呢？

黑仔好像正在被另一個不認識的妹幫他口交吧？芊芊抬頭對我說話的表情好正。

「就是從那一次開始的吧？」放克輕啃著菸頭上的咖啡色濾嘴。

或許是因為芊芊剛好對這款遊戲十分熱衷的緣故。他覺得她已經用極簡的方式應允了他的秘密。關於鎖。像詩。那種自己極力想鎖在體內的剛拉完K時那一瞬間易逝的感覺。她沒有說。當K被以風速每秒三十八公尺的速度席捲鼻腔，然後是支氣管，粉末如孢子散落在因長期澆灌焦油而褐黑的肺葉上，贈予肺葉一季凋零的冬日，接著會入春，伴隨如融雪般的啤酒泡沫，熟成另一個愉快的夜、發芽不止的狂歡、一副永不變形的笑意，終於完全浸透了的空白課表。只花費一個夜晚的時間就辦得到。值得極了。

「這是象神颱風的最大風速喔，妳知道嗎？」黑仔的雙手想要精準地攫住芊芊的腰，卻因為視線受到風速侵擾而撲了個空。兩副腰枝以九十度夾角僵卡在乳白色牆邊。至少身體還黏合在一起。起碼不用擔心她走丟了。他大力甩了甩因為撐著牆壁而麻痺的手掌。

兩個人的褲子都只退到大腿，內褲被捲揉進褲管縐褶裡，每一步移動都顯得滑稽而吃力。得趕緊趁還清醒的時候做點什麼。沒有人比黑仔更知道剎那之間的差別有到底多大。然而對芊芊來說，刻意去抓住分別過去與現在的那個剎那，意義並不太大。既然只是體內原本沒有什麼和多了什麼的不同，而那個差別又微乎其微，那又有什麼好介意太多？

何況大部分時間裡，她根本就不關心多了什麼。那只是所有感知中的極小部份。一天之中的幾秒鐘顫抖的鏡頭。她知道男生在想什麼，她努力挺起屁股，她知道即將結束的都將過去。現在早已在進房之前更早的時候就開始了。

芊芊喜歡的不是身體本身，純粹是對被身體所驅動的不確定狀態感到好奇。那是無法保持的。她從原本靠在牆上，往一旁癱倒在廁所中央。砰砰兩聲，他們先後共享了某個凝結的時刻，這個時刻之所以會被喚醒的原因之一，是彼此都正有默契地為了填補沉默產生的巨幅空白而努力。

安靜的喘息聲讓他們彼此認同，這是身體與生俱來的天賦。就像有些女生胸部比較大、有些男生則擁有過人的長處，他們不停用身體和聲音在床上追索，並達成共識——感謝青春，感謝身體，感謝有人發明了能讓身體運作失效的K。感謝自己並沒有浪費天賦。阿們。他們當然也感謝褲子的發明者。讓他們覺得熱的時候能夠脫，覺得冷的時候穿。

酒精其次。

「芊芊？」黑仔回神看著螢幕，靜靜等待另一個女人的對話框。

下一首歌已經開始了。

「可是我根本不會啊！我連3P的經驗都沒有，萬一拍得不好怎麼辦？」放克煞有其事的認真反應，令黑仔啼笑皆非。

「現在不是拍得好不好的問題，只有做和拍的問題。做愛你沒問題吧？」黑仔反問道。

放克搖頭。

「拍呢？」放克點頭。

「那你就直說自己是卒仔就好了嘛！還問那麼多幹嘛？就都不要做就行了啊！」

「幹個女生還想那麼多？你煩不煩啊？到底是不是男人啊？時候到了你就會了啦！哪有人做這個考慮那麼多的啊？」黑仔氣呼呼的覺得，放克的愚蠢讓自己變得像是報紙上報導的那些銷售自己女友的雞頭，不再像是電視購物頻道裡西裝筆挺的王牌推銷員了。

放克正在腦中快速地瀏覽每一部曾看過的A片，想像那些令自己回味再三的情節，曾連續停格並且特寫的鏡頭、那些由一連串豐富得意想不到的動詞所構成的畫面、令自己目不暇給的皮膚與體液的交融。他感到呼吸困難並意識到，可能是因為太擔心自己無法一一實現那些要求所致。從簡單的一對一情節開始，黑仔的訓斥如旁白浮映畫面底下，然後他終於回想到有關3P情節的A片，加上那些大舉國產自拍標題的短片。雖然標題打的是國產，到最後其實還不都是節錄自日本A片？他想到這裡，還因為覺得有點被詐騙之嫌而感到些微氣結。

他不想照本宣科，這種對於庸俗的抗拒讓他覺得應該要有不辱於背後那些龐大資料庫的使命感才對。黑仔沒發現放克遲疑背後的變化。放克覺得黑仔太淺了。這不該只是幹一幹就算了。

「做愛哪有那麼複雜啊？」

「你和你馬子做的時候，有和現在一樣想那麼多嗎？」

而黑仔突如其來地又似乎想感謝放克什麼了。我想少了。他突然這麼想。

放克是個考驗。

我應該對他說幾句感謝的話。當然他也該好好謝我才對。原本是打算說服自己，把放克當成是一個幹自己女友的陌生男生，不過現在，自己竟然已經可以毫不猶豫地把芊芊當成陌生的女生了。

這不再是想多想少的問題了，而是有些問題根本不必去想。這一切向來都是出於完滿本能所必須要有的衝動而已。

現在，他只擔心衝動來得太急、太多，以致於根本無暇在記住這些片段之前做好準備。他知道這樣到時候一定會後悔。如果沒能捕捉到那些出乎記憶以外的畫面的話。雖然這不會只有這麼一次。他也知道。

只要每一個畫面都採用需要與否切割細分成等距畫格，就能隨時視需要抽剪成適合個人使用的版本了。就像每個男的看A片都習慣先用飛梭檢視那些射精片段一樣。總是需要這幾幕吧？

那麼原始檔在整件事裡就變得極其重要了。

他們三人都需要一個一刀未剪的版本，那個能收納他們相互確認彼此存在的空間。就算到時候要各取所需，至少曾經目睹過共同體的部份，那個被用夜視模式紀錄下來的光與影，曾以何其美好的方式呈現。黑仔帶點私心的想。看了看身邊還在猶豫不決的放克。

「什麼？妳說黑仔找放克和妳一起做？3P？」雯雯突如其來的尖叫，讓芊芊有點措手不及。

「幹嘛那麼大聲啦？這樣很丟臉耶！」芊芊想摀住她的嘴，卻反被一手撥開。

「這有什麼丟臉的啦！我還以為是什麼大事咧，你跟放克不熟喔？講得神秘兮兮的……。這又沒什麼……。」

原以為雯雯會給自己一點掙扎的空間和時間，她愣了一下，盯著雯雯，發出似笑非笑的喘氣，不自主地用手指輕輕地勾了雯雯的肩帶。用自己沒有意識到的古怪表情問道。

「妳是什麼意思啊？」

「本來就會有這種機會啊！只是有沒有特別問而已……。」雯雯坐在芊芊房間的地板上，從床舖底下隨手挖出一個用來充當菸灰缸的東西。是《Vivi》雜誌贈品挖空後留下的紙板凹槽。Leah淺色的笑意裡有散落的菸灰。

「大家那麼常玩在一起，又都玩那麼大，……唉，這很正常啦，妳這樣算晚了啦！」雯雯老練地說。

「……啊又不是要妳和不認識的人做，反正妳跟黑仔不是也才在一起沒多久嗎？說不定過沒幾天，妳就跟放克在一起了啊，那現在做和以後做哪有差？放克也不錯啊！」

「而且，我記得黑仔和放克不是也認識沒多久嗎？」雯雯用一種了然於心的眼神，穿過煙霧和芊芊四目交接。她發現，雯雯雖然只大她兩歲，但在許多地方的確成熟許多。難怪她是老大的女人。或者老大是她的男人。隨便。

「妳講得好像妳男朋友也和他朋友一起……」雯雯夾菸的手指飛快地擋在芊芊的唇前，

沒讓她繼續說下去，只留下菸草滋滋的燃燒聲。

「妳屁咧！」雯雯聲音略嗲地反擊。

看著微微橘紅的火燄沿著細長的捲菸旋轉燒炙，映照雯雯塗滿黑紫色指甲油的指尖，有細微的汗毛隨著煙飄散的方向擺動。芊芊好像能夠了解，身體這個詞彙所蘊含的，集合了動名詞於其中的狀態。那是將感覺投擲進某個世界裡的動態，藉由失序與被操控、被引導，重新了解自己和身體的主從關係。那是原本一直沒有察覺的斷裂，早在她將第一次給了國中時期的初戀男友後，就將之遺忘在男生身體表面的印記。她片面認定自己也在那場儀式之中得到了什麼，雖然那並不能阻止往後童真一再流失，體內逐漸沉積的複雜氣味。藉由穿梭男生與男生間的縫隙，她相信終將找到那個十指緊握交扣便不致墜落的信任，鼻尖相互磨蹭時也無須停止呼吸的氣味。她養成了用手機不停地記錄生活的習慣。用那支限乘兩人的百萬畫素照相手機。

想撥電話給誰，卻怎麼想都是那兩個臭男生。雯雯無聊地一下翻找抽屜裡的化妝品，一下對著衣櫥翻箱倒櫃尋找適合自己風格的衣服。全身赤裸的雯雯在粉紅色蘋果花色壁紙的襯托下，像隻蝴蝶，也像隻蜂鳥，為著喜愛的花色放聲振翅歡呼，因為款式不同而在落地鏡前變換身分。她會回頭看看芊芊，等待另一副眼光，然後才心滿意足試穿下一件。試穿累了，乾脆裸著身體就跑出去房間外面找廁所，也不管家裡有沒有人。她總是這樣。反正她也知道家裡總是沒人。他們都去哪裡了呢？反正不在就是了。

有時候真不知道自己的腦袋平常到底都在想些什麼，這實在是件太過棘手的事了，而且，也還不到需要我們認真想這個問題的時候。雯雯邊說，邊對著鏡子仔細把胸部附近的肉全推進胸罩裡。她就算沒這麼做，胸罩裡也已經夠撐夠滿的了。

或許這真的是要到很多年以後才會需要處理和面對的事吧。

「應該優先處理的，是搞清楚到底已經和黑仔在一起多久了這件事吧？還有該從哪一個時間點算起才叫做在一起的問題……」她認真打開手機行事曆，一時卻想不起來黑仔和小可之間究竟有沒有重疊的部份，是誰覆蓋了誰？她想暫時相信感情是可以被覆蓋的，卻忘記她根本不相信感情。在她迷惘於覆蓋時間長短的問題時，卻沒想過，時間從來不是她真正在意的。

要是有人問我多久的話？我一定會先問他是什麼的多久？

剔除掉做愛與欠缺對白的空白，我們那些真正在一起的部份，能被稱為愛嗎？

「真是俗氣啊！」芊芊為正準備要估算自己和黑仔之間的愛含量感到可笑。

「我甚至連他父母叫什麼名字、家中有幾個兄弟姐妹、住在哪裡都還不知道說……。」

「唯一有印象的，大概就是他抱著我的時候，反覆在耳邊說著的那句：妳好棒喔。」

「還是高潮的時候呢？應該都有吧？」

我棒在哪裡？雯雯還可能比較知道吧？

用手機傳簡訊給阿達的時候，芊芊背對著正在試穿緊身水手服的雯雯，像是在無聲地告解，或像是在口述歷史那樣，巨細靡遺細數那個令她印象深刻的擁抱和耳語。

「就約我家巷口那間SEVEN吧！」

留有擠壓痕跡的粉色碎花床單、兩顆花色不同的乳膠枕頭、男人披在自己新買的針織毛線衫上不知道多少天沒洗的牛仔褲、被倉卒卸下的內衣和內褲還卡在床墊與床架的縫隙內。要到兩個小時以後，男生和自己分開後的身體逐漸冷卻了，並開始抱怨起被捲去一大半的棉被，她才會露出帶點惺忪的慍意意識到，或許是該尋找這些東西下落的時候了。包括被調成靜音的手機、戒指、手錶、床頭燈的開關。

芊芊最不能原諒的，是內衣被男生粗魯草率解開的那刻。你們這群豬頭哪會懂啊。每當被男生興沖沖地脫光上衣時，就會有這種感覺，或許會覺得冷，並不是因為沒有穿衣服，而是體內某部份持續保護自己的機制，又再一次被不帶感情地卸除。

何況，中間那顆難得優雅的玫瑰花，是近來內衣界少見的設計佳作耶。

早知道我就自己脫了。……以後我都自己脫好了。她在心裡對著被丟在角落的內衣許下承諾。

黑仔以為側著頭的她依照慣例急需體溫。

當他近乎本能退去芊芊內衣的時候，心裡正在倒數一個無關乎再脫幾件的問題。

在那個即將到來的日子之前，我還能再和芊芊做多少次？

加入放克以後，我和她之間會有什麼不同？

他沒讓猶豫拖慢進度，很快就把芊芊推倒在床上，略微粗糙的手掌按壓著她的乳房，發出皮膚相互摩擦的聲音。平躺著的芊芊想起「搖滾與人生」課堂老師曾經說過，搖滾樂與性，總在人生交互出現，那只是比生命本身稍微安靜一點的東西而已。男生雙手繞同心圓搓揉的韻律有緩飆的味道。

當黑仔的手指往下漫遊時，她的腦中突然快速閃過了小可的臉，他膽怯地從背後摟住自己，輕倚在耳邊哼著Linkin' Park旋律的畫面。她不記得他們的歌裡有哪一首特別適合告白，但是，當小可領著自己在唱片行裡漫無目的遊蕩時，她終於相信那些被稱為搖滾的東西，總是早衰而充滿未知的，一大堆不知名的樂團與各種旋律和節奏，好像都不如現在來得更真實

發表人：可樂果是手槍王
發表時間：2008/08/20（04:23）
IP後6碼：131771
內容：
幹！我射了。

和直接。早知道應該把握機會和他多做幾次的。

至少他在床上讓我覺得自己是被需要的。

其他的時候就再說了。

黑仔有點蠻橫地調整她的臉頰到某個特定的角度，她感到不舒服，可是不知道為什麼，懶得開口的部份索性擴大成全面沉默。

雖然頭香的留言者說，這套圖已經重貼過好幾次了，不知道為什麼，我還是拉下了褲子。正確來說，我是先將短褲脫到靠近腳踝的地方，再用雙腳慢慢扯開、脫掉的。為了到底要先把褲子疊好放在櫥櫃裡，還是就讓它這麼攤在不乾淨的磨石子地板上，也曾經耗費過不少時間和心思，就讓它這麼攤著吧！畢竟打手槍也不是多需要禮貌的事。這是最終的結論。

伸長兩腿，微微彎曲，繞過散落在地上雜物和垃圾，纏繞成迷宮的電源線，調整至一個適當並且熟悉的姿勢。在宿舍這張難坐的塑膠椅上。真是有點可悲啊。連趁室友不在偷偷打手槍的時候也要遷就一把椅子。我覺得難為情的地方是在這裡。

電腦螢幕後面的書櫃裡，站著鴻鴻的《土製炸彈》、薩伊德的《文化與帝國主義》、兩本關於Photoshop的書和一本討論文明衝突的翻譯書。《第五項修練》因為才剛看完，還側躺在電腦旁邊，稍微影響了滑鼠的移動路線。

他把菸捻熄以後，想了想，究竟應該先去洗手，還是直接就開始呢？剛剛打過電腦、動過滑鼠、翻過書、握過把馬克杯耳、刁過菸，脫過褲子、撥過頭髮、順過陰毛，把黏皺成一團的老二掏弄得較乾爽了一些。手指現在應該沾滿了一路途經的東西上的所有細菌才對。啊？我的老二也變成東西了。如果現在站起來，套回褲子，挪開椅子，拎著肥皂和毛巾去廁所清洗一番，回頭的手續應該也不過只是再將那些細菌全都沾染回手上的虛工吧！他對自己現在所陷入的這種近香情怯的哲學性情緒，感到一陣孤獨的欣喜。

當影片開始播放以後，他覺得幾秒鐘以前的那些想法著實顯得奢侈了。他知道，連看那些不認識的人做愛都會讓自己勃起了，更何況曾和畫面中的女生短暫在一起過。只是對畫面中出現的男生不是自己有點感冒而已。然而這並無傷大雅。

知道現在要的是什麼就行了。

5

地點選在某間離學校非常非常遠的商務摩帖。615號房。門房櫃檯的服務員是莫約五十出頭，有媽媽氣息的女人。捲髮，粉底有點厚。可以說是在幾乎和學校所在的區域完全相反方向的地方。沒有喧嘩的校園夜市、鬧街、住宅，只有零星的殺肉廠和五金鐵工廠、幾家做資源回收的廣場。偶爾經過幾間拼裝屋裡的燈是亮著的，才能看清楚門口鐵板上漆著的潦草的字跡：鈑金、烤漆。金屬隔板上時不時出現的粗工、打石工的聯絡電話，除了鄰近交流道以外，黑仔想不出任何這間摩帖之所以能夠經營得下去的原因。

有，夠便宜。這是他和放克討論出來的結果。

放克的腦中到現在還視覺暫留著那些歪七扭八的噴漆字樣。

芊芊早就到了。是小可載她來的。不過是在離旅館還有近百公尺的地方下車。

「妳來這邊幹嘛啊？」小可接過芊芊脫下的安全帽時，語帶關切問。

「喔，來找一個朋友。她家在這附近。你幫我把書包帶回去好不好？」芊芊邊對著後照鏡梳理頭髮邊說。

「女的啦！」她補充說。

「嗯？好啊，知道啦，明天會去上課吧？要不要我去妳家巷口等妳？」小可不怎放心的口氣，讓芊芊覺得尷尬，這是介在友誼之間最不穩定的情緒了。她沒有勇氣抬頭，可是也不認為有什麼好對他感到抱歉的。她給了小可一個擁抱。

這是應該的。她拉拉裙子，撥了撥額前的瀏海，聞一聞手指。洗髮精和香水的味道快消失了。這趟路也太遠了吧？她想。然後，以一個只具備形式的吻，告別了小可的唇。有菁仔的味道。

「不用啦！她會帶我回去。不用擔心。」芊芊是真的不希望小可擔心的，可是這沒什麼好說的，而且她也不打算說這些，她比較擔心，自己做的任何舉動都會讓小可往更錯誤的方向想去，但又沒有必要為了這一點小事，使得自己講什麼做什麼都要想東想西，她選擇一笑置之。

「嗯，那妳小心吧。」小可決意看著她走去她要去的地方。應該不遠。芊芊知道，所以停下腳步，執意看他離開。這是她所能做的最大讓步。看著小可的車牌逐漸模糊，她希望他的車牌最好一直保持這種模糊的距離，好讓自己能多點充裕的時間停留在原地，這裡，延遲某種衝撞的疼痛發生。有途經的貨車司機朝她吹口哨，有的問她要不要搭便車，她甚至想乾脆叫小可折回來載自己離開算了。

她點了根菸，心裡有種奇特的怪異感。經過檳榔攤的時候，歇業的檳榔攤門口貼了誠徵門市小姐的牌子，破碎的霓虹燈泡兀自旋轉，嚇嚇嚇的聲音吸引了她的注意，她再一次停下腳步，回想是什麼時候答應這件事的，只是現在站在距離旅館不遠的地方，白色的磁磚外牆，一小格一小格黑色窗戶，絞盡腦汁，卻只想到一句黑仔那時在耳邊對她說的：

「因為我愛妳啊！」

「那放克呢？」芊芊低頭問正吸附在自己胯間的黑仔。

「他也是啊！」他又低下頭去。

「難道妳不相信我？」她想起那封簡訊，以及等一下可能發生的事。

615號房。沒有任何意義的數字。和其他每一次夜唱、每一次去旅館、學校裡每一間教室一樣，充其量就是樓面不同，某種排序。如此而已。只有今天。

她感覺今天接觸到的東西會不會都和3有關呢？這些日常生活中再普通不過的事物會不會都被賦予了某種使命，某種暗示。應該要傳簡訊給誰才對。緩步走進那間商務旅館時，她掏出手機，卻想不起來可以傳簡訊給誰。以及要傳些什麼。好幾次這樣了。

旅館的名字叫做「熱帶雨林」。很適合夏天的名字。不過，這種事情不都應該發生在夜唱之後，或是在PUB後帶點醉意的續攤嗎？芊芊努力試著要傳些什麼，有砂石車不停從省道旁呼嘯而過，令她無法專心思考。

房間裡的陳設十分一般，可以說，甚至比她去過的任何一家平價汽車旅館都還要再簡單許多。可能是因為使用率還算可以，打開房門的瞬間，並沒有特別奇怪的味道迎面而來，漂白水、芳香劑、洗衣精……，還有清潔婦人微微的汗味。該有的都有。她把包包往躺椅一扔，決定先去洗個澡，把下午上課時身上沾滿的便當氣味沖洗乾淨。

也不忘直接把空調溫度調至最低溫。

她邊脫衣服，邊隨意瀏覽房間裡的陳設。進門就能看到一張安置在床邊的情趣椅，只令人覺得有婦產科診療椅的感覺。她不喜歡。明明就說是商務了，怎麼還有這種東西？

稱不上是玄關的大理石地面，很快被沾滿砂石的短靴踩出凌亂的鞋印。她脫去身上的衣服時，一邊檢查那些旅館附贈的相關用品。這是她的習慣。包括沐浴乳、洗髮精和Body Lotion，每一罐都特地打開來聞一聞，確認味道，然後旋緊蓋子。浴帽、梳子、髮圈、牙刷組、保險套。今天她自己準備了這些。

這是她少有的步驟。或者說，少有的從容。她對於早自備好了這些東西感到驕傲。從水準比較高的汽車旅館蒐集來的那些用剩的，品質比較好盥洗用品，現在都聚集在包包裡。想起過去的經驗，她覺得今天晚上超乎以往的正式，正式到有點彆扭。她不敢相信自己竟然還特地準備了保險套。一般旅館都會有附贈一到兩枚。一枚吧？

「保險套的單位該用枚還是個呢？」。不重要。反正它終究是要被用得皺皺的，黏乎乎的，然後被丟棄馬桶裡。只有一個的話，今天又是誰戴呢？

她開啟中央控制的背景音樂，是令房客彷彿置身異域的環境音效，她知道這是提供偷情男女躲避查勤用的，不知道有沒有效就是了。隨著蓮蓬頭的水柱逐漸籠罩全身，她慢慢有種置身「熱帶雨林」的錯覺。她想在他們進門前，先使自己適當地保持濕潤，男生們總對粗糙感到不適對乾燥不耐，但也絕不願意多花一點時間等待。

手機傳來宇多田〈Prisoner of Love〉的旋律。她簡單包了條浴巾走出浴室。開門。男生蜂擁而上。

「喂，等一下去，我要做什麼啊？」放克坐在副駕駛座，不斷低頭觀察褲襠裡的變化，時不時用手撥弄，或偶爾藉由調整坐姿來掩飾無法準確膨脹的身體。車內的冷氣讓他覺得有些口乾舌燥，額頭卻拼命滲出汗水。這是他第七次降下車窗把菸蒂彈出窗外，其中有幾次希望自己最好也能和菸蒂一樣隨風向後退去，落地。可是不行，菸蒂已經燃燒完了，但我才正要開始呢。我需要的只是分心或是一點點鼓勵。

黑仔只覺得好笑。他回頭看了一眼橫躺在後座的DV和腳架，非常安心。原本打算用照相機錄就算了。可是因為對畫質的基本要求，他決定跟朋友情商一臺錄影機。既然都要拍了，就應該要用心才對。六樓十五號房，他想。不要像網路上流傳的自拍那樣，一點水準都沒有。

他努力在車程中尋找可以用來鼓舞放克的辭彙，卻覺得那些東西對當下來說都顯得笨重。在女朋友面前習慣性地想著A片的情節、表情、聲音等等的細節，早已是再熟練不過的本能了，這是確保每次做愛都能保持基本狀態的最佳途徑。他不認為在夜店裡遇到的辣妹，需要花多久時間培養感情，那只是在展現男性本能之餘，又要能妥善地透露些微被煽動性的絕佳表演，他一直認為這個訓練沒有白費的。放克不明白。

汽車音響傳出早就不流行的廣High節奏，低音喇叭沉重的節拍讓體內的每一個細胞都像是被隔上電話黃頁之後重重槌打著。平常不是這樣子的。放克被拍子震盪得有點喘不過氣，分不清楚是尼古丁還是低音造成的，只覺得耳垂發熱，胸口悶悶的。

「啾！發子彈的時間到了。」黑仔把車停進旅館的停車場裡，沒有熄火，音響關掉後，剩下冷氣壓縮機和引擎的聲音還持續在密閉狹小空間裡嗡嗡作響。

「發子彈？」放克轉過頭去。看見黑仔從口袋裡掏出一個保險套，悠悠說道。

「你沒帶吧？看，我幫你準備好了，來吧，不要再龜了啦！」他老神在在地遞到放克面前。放克仔細地看了保險套的品牌，不是自己慣用的品牌。他不知道該說什麼，還是應該做其他表示。電梯上樓。

梯內四面鏡子包圍放克和黑仔往更深的暗處反射，當門打開的時候，兩人都因為不能適應走廊上介在高雅與低俗之間的光度，顯得腳步有些虛浮。放克正為了身體沒有因為樓層升高而有所反應感到慌張。回想眾多跑趴記憶中，倒還沒出現像今天這種糗樣。他私下準備了一包彩色藥丸。卻因為一路上握著它的關係，塑膠密封袋顯得有些溫熱溼溽，微涼的手汗使表面有些滑溜，他用手指稍微捏算了一遍數量。一個晚上並不需要用到那麼多。可是帶得少了又令人不安。他比較擔心沒有時間讓他偷吞上一顆或兩顆。說不定到時候根本不用吃。他想。還是沒有反應。他以插在口袋裡的手再次確定了身體反應。緊張也會令人麻木。他終於相信朋友間流傳的糗事了。

都是芊芊害的。他拿出手機，有一通未接來電，是女朋友打來的。

黑仔站在615號房門前，沒有等放克走近，先按了三下門鈴，然後撥電話給芊芊。聽到來電達鈴。掛掉。這是說好的暗號。

芊芊開門的時候，放克站在黑仔身後。剛把手中把玩著的保險套收進口袋。

其中一個男生一把便扯下女生裹住身體的浴巾，並像挺胸衝過中止線的跑者般，為此感到無比歡愉。本來就是如此簡單的事。那個男生這麼想。像是要做一個榜樣、示範那樣，把浴巾遠遠往房間角落擲去。是田徑比賽的槍響，是菸蒂掉落地面的彈跳，被象徵著另一個男人的結局那樣。

「你可以先架機器。」他回頭看著另一個男生一眼說。另一個男生心理有輸了的念頭掠過。男生們彼此沒有多交談什麼，另一人緩步走進房間角落，架起腳架，安好DV，等待聲音和肉體被畫面吸收。

女人則低頭只顧著自己裸裎的身體。髮際的水珠緩慢落在肩膀、臉上、胸前，感到有部分沿著肩胛骨內側毛細孔滑落股間。她覺得眼前正以非常清楚而緩慢的速度進行，有些畫面則被非常快速地省略，遺漏。

那些還來不及錄下的部份。女生的膚色，細白的膚質表面有大小不規則形狀的坑洞、略顯暗沉的乳暈、腰際偏右的CHANEL雙C刺青、肚臍眼的鑲鑽金屬鉤環、修剪得規矩如國中髮禁般整齊的陰毛。因為來不及開口，舌環並沒有在第一時間被注意。連同男生也沒有考慮到一些次序先後與時間長短的問題在稍後被陸續提及。

兩個男生像是訓練有素的夜行軍般，通過手勢與眼神，很快摸索出了溝通方式，逐步佔據女生的身體。那是當一個男生親吻女生後頸時，另一個男生撫慰她的唇。這僅止於頭部以上的動作而無關乎其他地方。原本就赤裸的女體省去了男生一些手續上不必要的麻煩。芊芊覺得有些可惜。

她很快地選擇把嘴唇停留在沒有檳榔餘味的唇上，吸吮著混合菸草焦味的唾液。

「Marlboro Light。」她並不那麼確定選擇這副嘴唇的原因，至少菸味是熟悉的。曾經有一段時間，她搞不清楚，究竟要怎麼分辨「男人」和「男生」間的界線，但經驗告訴她：「反正到時候男生自然會替我分辨。我只要努力記住他們之間的不同就行了。」

若不把身體丟回到某個場景，一切就無法順利運作。女生閉上眼睛努力回想，腦筋卻因為一下子湧入太多觸覺訊息而混沌。她斜眼瞥了從正面退到身後的男生。黑仔，雙手正從背後繞過身體，像平常那樣搓揉著，同時必須小心而巧妙避開另一個男生的身體。放克。

有唇、有多副冰涼的掌心在胸前共鳴，放克魯莽的舌宛如汲取長年沉積在口腔裡的味道，繞著口腔內壁不停刨蝕。黑仔只看到皺著眉的芊芊發出微弱的呼叫聲，他知道那不是拒絕，是比拒絕還需要更大勇氣的羞赧。他只能選擇不停進攻，朝那些早已熟悉的，芊芊最敏感的地方。絕對不會是心。芊芊知道。有汗和剛洗過澡的水珠交混，她在找尋將三個人同時挪往雙人床的安穩路徑，似乎沒有額外的步驟需要完成，她的衣物早已井然地摺好堆在浴室附近，男生的步伐不協調地一面往前推進，一面輪流退去衣物，像撲火的蛾，散落一地鱗粉。

還不夠，芊芊認為光線太亮，音樂太過寧靜，這氣氛不對。不過無力抵抗。

男生沒有留給她足夠的反應時間。數位相機率先以連拍模式開啟。有節奏的拍攝音訴諸某種力道，此起彼落的閃光燈分工合作地用白炙的光線在黑暗裡拼貼出雙人床的輪廓。床上有人。開始有置身Ｐｕｂ的味道了。肢體的律動和喉音接連被相機快門喚醒，此時的自己大概是舒服的。芊芊這麼想。

充斥菸味、汗臭味和香水味的密閉無風帶、易開罐臺啤的發酵麥味隨低溫空調吹撫過彼此的背脊，音樂的部分還差一點。她被男生重重推倒在床上，光線被肉體逐一遮蔽，剩下兩盞床頭燈的光線交叉在床鋪的正中央隱約可見。

有人調暗燈光，因為明亮的空間讓人覺得無處可逃。

有人調低音量，因為音樂會覆蓋掉想要特別收錄的音效。

芊芊的上半身被扭曲成不符力學的姿勢，攀爬床沿要找電視遙控器。遙控器掌握在男生手上，他們議論紛紛到底哪一臺成人頻道適合現在。

黑仔脫下褲子，內褲表面有被菸蒂尾端燃燒過焦油暈黃的痕跡，略濕。應該要簡單沖洗一下才對。但不想因此落後進度的求勝心，讓他的動作有著舉棋不定的徬徨。

放克很快退去身上所有衣物，露出像是想起什麼似的表情，又從地上撿起褲子，自口袋裡掏出那只黑色包裝如郵票般鋸齒狀的保險套，要寄去哪裡？所有的慾念才能有人接收？他不知道究竟是要指使芊芊幫自己服務，還是爬到床角自己穿戴妥當。黑仔此時正爬到女生的側面，用那隻沒有扣著內褲鬆緊帶的手，緊緊扯住女生的臉頰，像是告訴她，妳應該知道要做什麼才對。

和平常一樣。對，就是照平常那樣就行了。放克深呼吸一口之後這麼想。

女生乖順地利用從窗簾縫滲進的微光，細心地替放克戴上保險套，並且溫柔地用嘴唇過濾掉一切可能沾附在上面的記憶。黑仔後悔極了，嫉妒令他在心裡抱怨這種因為不必要的差別而錯失的對待。芊芊抬頭看著放克的表情，讓他頓時有種被遺棄的感覺。放克想起那個晚上。多少也算是為自己好吧？芊芊這麼想。這或許是自己在黑暗中僅存的，辨識肉體的條件。起碼還算是掌握了一點主導權吧？雖然也就是薄薄一層橡膠。

反正進來以後，差別就不太大了。她想。

長期在無光的環境裡生存，觸覺與嗅覺也隨之變得敏銳。

昏暗的房間和晃動的陰影令芊芊想起這件事。也可能是因為酒精和藥的關係。這是原本她在Pub裡認識的某個女生跟她說過的話，她卻覺得好像是第一次從腦中跑出來一樣清晰。

手中握住黑仔的陽具時，不知道為什麼腦中就是浮現這句話，她覺得這真的就只是某個個體的一部份什麼罷了，甚至比他們最後一次對話的句號都還要不完整。有尿騷味、沉積在褲襠的汗漬、菸味，眼袋藏有前天一夜狂歡後的燈光和藥味。東西多了複雜了，也就缺乏了。這真的只是一部份而已。她知道自己平常不會這麼想的。

芊芊微微仰起頭時，只看到男生有時交互，有時並進，像是圈地競賽般階段性地使用、侵占著身體的每個部份，只要視他們的需求和反應簡單做調整就行了。不需要有多麼突破性的演出，她知道反應是一種視輸入情況後的輸出。抓住放克的手臂，放克便會因此雀躍。深情朝著黑仔放聲尖叫，黑仔則跟著呼出零碎的音階。

她意識到自己喜歡看到男生的眼神落在另一個男生的身體上。然後接著露出的惶恐眼神。她知道應該迴避有關男人自尊的問題，有關身體的問題，但這些對現在來說，並沒有太多意義。或者，並沒有隆重到需要花費額外力氣。那不是現在的問題。更不是我的問題。

當黑仔仔細盤旋在芊芊的下腹時，放克同步交纏在她癱軟的腰與胸前，他們各自因為坐擁了女生的一部份而歡欣，競逐產生的催化效果使他們經歷強度不等的高潮的時間錯落，芊芊為了似乎永遠不會全部擁有的完整與確定感到有些失落。

對男生來說，這是複數和單數間的事。對她來說，這只一個與其它日子並無不同的夜。每一個夜都可能會有戴保險套與不戴保險套的不同身軀與自己結合，溫差使自己慢慢知道該如何區分出那些還溫熱的部份。

夜光模式下，肉體閃著星輝，由於空間持續密閉，濃濁的喘息與細碎的交談被機器縝密地攝取。為了追逐某種恍惚的記憶而交會的青春與肉體，纏疊在白淨潮濕的床單上。放克裸著身體前去關閉DV的時候，背後有短暫的笑鬧聲進行。他覺得自己表現得並不比黑仔差。聽叫聲就知道了。還有手臂上深淺不一的抓痕。

芊芊覺得這些都是禮貌。

她上網找了好久才找到這家店。後火車站的小巷子裡，不起眼的招牌，黑底鮮紅毛筆字體寫著：刺身（さしみ）。

一進店裡，便看見師傅正在為一位看起來比自己還要小上許多的年輕女客刺青。大腿內側。她環視房間，猜想那些牆上掛著的圖案中，不太可能找到她要的。

「妳想刺什麼？」蓄著性格小鬍子的刺青師傅沒有抬頭，像是不想驚動大腿上那株還含苞待放的野玫瑰似的，以低緩的音頻說道。粗壯的手臂正精細地為了尋找某條理想的肌理而四處打量。

「我想在尾椎的地方刺個圖案。」芊芊因為緊張不停把玩口袋裡的手機，另一手輕輕地掠了前額的瀏海。她並不是第一次刺青，卻遠比第一次緊張。

「嗯，那裡，刺起來會很痛。」同樣簡短的句子像是富含魔力，芊芊覺得那個女生腿上的玫瑰好像隨著他的聲音顫動，略微綻開花瓣。

機器以極敏捷的速度附著進肉裡，然後俐落地抽出，帶點血珠、滲點顏料，有液體與皮膚組織相互撞擊的聲音。比馬達聲響，比呼吸聲弱。

「我知道。」稚嫩卻意外堅強的聲音從喉底傳來，她覺得今天的她不只十九歲。

「那妳想刺什麼？」。

「一根老二。」芊芊篤定的語氣，讓刺青師傅覺得沒有再問一遍的必要。他知道那是什麼。

「我想要你幫我設計一根老二，刺在尾椎那裡，要離股溝最近的地方。」

「妳是說……」

「一根老二……。」

「為什麼？」刺青師停下手中的機器，女生放鬆大腿，兩人同時望向門口。

「一根既大，卻又不大得過分的老二，大概是這樣……」芊芊試著用比劃解釋，手卻怎麼也抽出不開口袋。手機有接收簡訊的震動，可現在不是時候。

「要我設計？」坐在椅子上的年輕女生聽完刺青師傅的問題，失聲笑著。

「當然，你是男生，而且你是師傅，我不是。」

「我也不知道妳心目中理想的老二是什麼樣子，妳確定要我幫妳設計？」刺青師傅用沾了酒精的紙巾稍稍拭了玫瑰花瓣滴滲出的鮮紅蜜液，邊說邊看著芊芊的眼睛。

「理想的老二……，嗯……就是，……」

「聞得到尿騷味，可能兩三天沒有洗澡，有一點熱，一點黏，全部沾在一起，但是又有點硬的那種，不是軟軟的，但也不是完全勃起的樣子，好像已經發洩完了，可是又看不出來到底是剛準備要變硬還是正要變軟，在頭的地方會有一點液體跑出來，可是也分不出來是已經流完了沒擦乾淨，還是才正準備要流而已，根部的地方會有一點點毛，可能有一點咖啡色，或是那種不均勻的雜黑色，有一點偏左……，也可以偏右啦，隨你高興，不過頭的地方要有一點皺皺的，像是皮沒有完全撐開那樣。……有腥味，大概是那種常吃肉和抽菸的男生的味道，嗑藥，熬夜，會有一點辣，算不上臭，可是絕對不太好聞，而且是男生自己硬擠過

發表人：哈棒達人

發表時間：2008/08/21（00:01）

IP後6碼：192312

內容：

××部落格相簿：

http://tw◆A◆V-self◆shot◆tk◆com。（◆請自行刪除）

幹！有毒。

來的那種老二……」

「沒了。」芊芊停頓了五秒後這麼說。

「……好，刺在妳尾椎的地方，長度，大小呢？」

「就一般吧！這沒有多大意義。」刺青師低下頭去，像是點頭一樣，沒再多說什麼。只用另一手指著桌上的行事曆。

「留下妳的聯絡方式吧，好了Call妳。」

「好。」

芊芊離開的時候，年輕女孩歪著頭，不解地盯著刺青師傅，像是要找到隱藏在他們兩個人之間的秘密似的，得到的卻是伴隨機器馬達的低頻空白。

寫著刺身的招牌燈在芊芊步出小巷時亮了起來，她伸手揉一揉小可愛背後露出的那一塊還空白著的地方，有幾小節尾脊隆起，再下去是細長股溝。有點想把小可愛往下拉一點，把短褲往上挪一點，算了，維持原樣好了。她點了一根綠MA。手機顯示有十一通未接來電，四封未閱讀簡訊。她用手機自拍下由巷口往裡面拍的照片。招牌笑臉剛好就在刺身招牌的旁邊，比著YA的手指緊貼在腮紅微潤的臉頰上，夾角安上緊嘟的唇，中指橫越唇間，食指指向電線交錯的巷弄天空。

6

▶PLAY

【00'00"】

陽光透過對面商業大樓的玻璃帷幕，然後是百葉窗，反射在阿達微發熱的臉上。連同雲、綜合工業區空氣特有的金屬味、公車離站時的呼嘯，一併充斥他位於公寓五樓的臥室裡。手機鬧鐘在十點半的時候響起第九次，貪睡模式幾乎被運用到極致。他翻過身，瞇著眼確定時間。下一個鬧鐘是十二點整，在一起剛滿兩個月的女朋友要搭公車來找他吃午餐。他非常辛苦地在上一個設定在七點響起的鬧鐘時醒來，向主管請假。今天真的沒辦法打工了。

昨天晚上的酒精和滷味還在胃裡熱烈歡愉著。

仍然躺著，僅閑散地伸手去把窗帘升起，點了一根菸，徐徐吸吐。

什麼時候約好的呢？有點想不起來。

中午要吃什麼？樓下的SEVEN是不錯的選擇。可以吃咖哩或是義大利麵系列商品。

拖鞋沒有在床邊，在他赤著腳走出房間之前，他按下了電腦的電源開關。

同居的室友上班的上班，上課的上課，空曠的公共空間裡只剩下冰箱的壓縮機偶爾發出唧唧唧的運轉聲。小便偏黃，多泡，他感到馬桶正發出沉沉的吶喊，仍濃的睡意令人想不起這些味道是從哪些食物轉化而來，身體仍舊非常疲倦，跑趴的訓練還是不足。他抓抓頭髮。手機顯示：AM10:45。還有一個多小時，他看著二十二吋液晶螢幕，打開桌面上寫著自拍的資料夾，然後點擊那個標誌0001_3.wma的檔案。離她來還有足夠的時間，就算不快轉也來得及看到精彩片段。他把游標移到離操作介面很遠的另一個螢幕角落。操作介面緩緩淡出。

這是他第十六次開啟這個影像檔。他看看電腦桌旁邊的一張發票上，第三個正字下面，多了凌亂的一撇。

影片的飛梭尾巴標示著40:48，規律地隨著畫面進行遞減，他點起第二根菸。

也就是下載影片後，養成了在和女朋友見面前先看一看這部片子的習慣，也沒有特別想要幹嘛，可能前一兩次還有幹嘛吧？後來因為有幾次這樣過後，還要和女朋友幹嘛的時候，一下子竟然使不上力，索性就戒掉看完影片還要和女友幹嘛的習慣了。忘了開喇叭了。反正收音也不太清楚，在白天看又有反光，就這樣將就看好了。他想。可還是把喇叭打開，調整到能夠剛好聽見雜訊混合人聲的音量。

公車進站發出尖銳的煞車聲，有點吵，可是因為抽菸的關係，並不想關上窗戶。而且房間裡有點潮濕。女生連續高頻率的叫聲讓身體有了反應，剛才去廁所的時候應該順便抽幾張衛生紙出來的。

【03'56"】

阿琪把連結關掉，拿下耳機，躺靠在旋轉椅上回想剛才的影片。拍攝角度的確太死板了，收音又差，對話也模模糊糊的。真搞不懂，明明是用ＤＶ拍的，怎麼效果那麼差呢？調成夜光模式後就更糟了，幾乎都是綠綠的鬼影在那邊搖來晃去，一點美感都沒有。唉。

只有照片還有些看頭。至少夠近，也夠連續，可以稍微補強一下看完影片後的不滿足感。他想。並試著連結女生的部落格，卻因為大部分相簿裡的資料夾都有加密，而抱著些許殘念把視窗關上。然後下意識地打開了一個新的搜尋引擎首頁。每次都如此。

手機沒有未接來電，他盯著Kiki的手機桌布上她和芊芊的自拍照，像是想起什麼似的，動也不動地發呆。想要點菸，可是怕菸味會把Kiki薰醒，他知道Kiki不怕菸味，只是單純不想現在吵醒她。他知道Kiki也有自己的部落格和相簿。只不過裡面沒有他就是了。

阿琪決定打開一款最近才新登錄的網路遊戲。但在程式還沒跑完之前，又慌張地趕緊關閉程式。重疊在新開的遊戲視窗底下的視窗中的影片，進行到3分56秒的地方，畫面中的男女看來正要從門口移向床鋪。不是非常清楚。男生馬上會開始脫衣服。他們移動到床上了。

另一個被壓在底下的視窗，顯示的是與影片同時的照片檔。更下面一層是某成人網站的首頁。最後面是作業系統桌面的天藍色風景桌布。晴天，和窗外一樣。

他回頭看著趴睡的Kiki，因為沒有開冷氣，裸露的身軀只有一半蜷曲在棉被裡，胸部被環繞在手肘內側，因為真的很瘦，小腹沒有因為身體弓著而擠出皺摺，臀部被包裹著的被單遮掩去原有的曲線。還露在棉被外的，有鋪了密密麻麻肥胖紋的大腿和腳踝側面一條別具異國風情的紅色背後有翅膀的龍。游標在視窗間來回奔跑。他不知道該點擊哪一個才好。到底應該趁著Kiki睡著的時候偷偷打個手槍呢，還是索性爬上床去？

「反正會有機會的……。」他脫了衣服，鑽進身後被女生體溫烘得暖暖的被窩。Kiki發出慵懶的呻吟。是該好好打一炮才對。他把Kiki的身體翻了過去，有肢體和椰子床墊擦撞的悶響，連同她的內褲一併退去，往床尾一扔。女生沒有太大反應。一定是對她太溫柔了。他想。黑仔他們最近怎麼樣呢？

有一段時間沒有和他們聯絡了，他的雙手並沒有停下來。Kiki的呼吸聽起來令人分不清楚是在求饒還是在催促，他的雙手沒有停下來。突然在心裡計算起和Kiki在一起多久的時候，雙手沒有停下來。想到芊芊的表情，雙手也沒有停下來。他的雙手停了下來。

電腦忘記關了。

【14'20"】

「幹！誰把門鎖起來了啊？出來啦！恁爸要放尿啦！」陌生的聲音和使勁的拍門聲，在密閉的小空間裡來回共鳴出一種驚嚇之餘的欣快感。

包廂廁所的門緊掩著。只倚賴門縫透進的幽微光線，有兩個人影正奮力地交纏在馬桶與洗手槽的空隙間。所有衛浴設備在透射過門縫的稀薄光線映照下，呈現泛白而朦朧：積滿嘔吐物的洗手槽、浸潤的衛生紙、失禁的糞便、藥、假睫毛、女性內褲，全都退化回色彩的原始形態。芊芊的紫色角膜變色片看起來也是白色的。不過黑仔看不到。

黑仔一手把芊芊按壓趴在洗手槽邊緣，一手脫下緊身窄管牛仔褲。沒想到今天會興奮到想要就直接在包廂廁所裡做起來，而且還是跟芊芊。有點不習慣。以前都是跟別的女生。不知道為什麼，明明是在跟自己的女朋友做，反而覺得尷尬。好不容易把褲子退去的時候，芊芊早已撩起裙子等候多時了。

真是麻煩吶！他想。稍微用口水沾濕了龜頭的前緣，在敲門聲停止和怒罵聲漸弱的同時，非常老練地先降下腰部，然後再猛然挺身。芊芊的第一聲悶哼被廁所外面的走音和喧嘩掩蓋過去，接下來她就像是從來沒有發出聲音一樣。黑仔只聽見搖動身體時牛仔褲鈕釦相互撞擊的聲音。帶點摩擦的金屬撞擊聲在密閉的廁所裡格外清亮。

芊芊只聽見自己的低鳴。

這樣還是太乾了。黑仔的指頭深深陷進芊芊並不飽滿但是確實俏挺的臀部，在肉多的地方留下深紅色暈散的指痕，不如預期那麼舒服。可能是因為指痕看起來也是白色的。

「應該還要搓她的胸部吧？」光是捏屁股一點都不刺激。而且也沒聽見她叫。一點也沒有外面那些女生有趣。他想要彎下身子去拿褲子口袋裡掏菸盒。可是這樣一來就會拔出來了。他不想和芊芊分開，可是又覺得現在好像比較想要抽菸。

芊芊低胸緞面的小可愛連著內衣一併被用力往上掀起後，他一度以為已經離開芊芊的身體了，但又立刻懷疑，怎麼可能和芊芊分開了自己卻不知道呢？

他看到一根似曾相識的老二。深色的，在微弱光線下顯得格外立體的老二。自己的那根應該比較大才對，可是好像也沒差多少，應該就是自己的這根才對。我拔出來了嗎？他在芊芊的股溝底端找尋某種陰影，卻發現光線在更淺的深度就已經再也探照不進去了。他禁不住退後兩步，絆到馬桶，撞到門板，在廁所裡發出轟然巨響。外面傳來一陣譁然的笑鬧聲。

應該沒那麼軟才對啊！他很快地用手去挑撥自己的陽具，卻發現它出奇過份地柔軟，比滑鼠護墊軟，又較機車座墊硬。芊芊的眼神是白色的，在黑暗中像是純種的夜行動物般發出鋒利而炫目的反光。她伸手去愛撫脊背後端的那根陽具，指尖舔舐它的根部，有潮濕的水份自它的頭部滲出，然後魚貫地滑入股間。

黑仔保持著一個衰弱的姿勢靠在門邊，嗷嗷地說不出話來，還再努力分辨兩根陽具間的差異。

到底哪一根是自己的？他第一次面對這個問題。

【25'19"】

芊芊到底叫什麼名字？他想不起來了，是根本沒問過她，還是她曾經說過，可是自己忘記了。她的名字裡應該有個「芊」字吧？不然怎麼會叫做「芊芊」？又不像是英文名字，疊字的部份永遠找不到對應的字。

他在電梯裡凝視女朋友略顯羞澀的臉，試著簡單分辨羞澀的強度。如果最羞澀是一，最不羞澀是十，這種羞澀應該比較接近七或八吧？直達六樓的電梯今天運行得特別緩慢。好像是要我多花一點時間分辨羞澀一樣。放克把MP3關掉，拿下耳機，對著林芷萱做了個鬼臉，想要化解這段時間暫停中空白。

她回以略帶禮貌的笑意。

她是擁有完整名字的女生。放克覺得，要讓女生在自己心裡留下完整記憶，或許得從知道她的全名開始。而且在認識最初就要先知道。不過想歸想，他還是習慣叫她「萱萱」。

從電梯走出來的那一步不算，以男生的步伐來算，距離615號房共四十九步。防火地毯沒有留下高跟鞋曾經走過的聲音，也沒有復刻帆布鞋的腳印，放克沒有說明為什麼要來這間旅館的這間房間的原因的必要。因為他總帶不同的女生來。

他已經能夠清楚分辨不同款的高跟鞋踩踏在地毯上所發出的聲音的區別，甚至能夠聽得見身後的女生在將手機調整成靜音模式的按鍵音。他會在把房卡插入感引器裡的同時，回頭對著女生模仿機器發出嗶嗶兩聲。這是他某一次這麼突如其來的舉動，惹得某個女生笑得合不攏嘴以後養成的習慣。

他也養成了做愛的時候一定要關上室內所有的燈，和只從背後和女生做愛的習慣。因為這麼一來，女生就看不到他緊閉的眼睛了。

他知道，如果不回到這個房間裡，他就根本無法勃起。可是一進到這裡，又總是會在腦中浮現那根緊貼在女生唇間的黑仔的陽具，即便告訴自己，那是幻覺，那根陽具並不存在，那超乎意料的臨場感也逼使得放克屢屢無法勃起。惟有說服自己承認正趴在面前的女生是芊芊，同時承認黑仔也一同參與了自己每一次做愛，才像是完成某種條件，滿足了生理需求，同時才得以鬆懈心理負擔。他變得容易緊張而且易怒，像是處在某種競爭狀態，他總希望芊芊能因為自己而興奮，是因為自己而高潮。

是有幾次想要試著把女生翻過來，但是每當女生躺著以後，他又會為了那張不是芊芊的臉而沮喪。只好繼續這樣子了。他低啞著嗓子喊了「萱萱」後射精了。

萱萱。他想。妳叫什麼名字呢？

【36'07"】

Kiki把被子踢得稍微鬆軟些，有涼涼的空氣跑進身體和棉被的空隙裡，是適合繼續入夢的好溫度，雖然有菸味和鹹酥雞的味道。

她知道男生一夜沒睡，做完愛後，他先開了電腦，去沖了澡，然後回到位子上抽菸、上網。印象裡他一直到早上才進到被窩裡來，帶著腫脹的陽具。從後面摟住自己的時候，並不讓人覺得有壓迫感，反而有隨身碟與ＵＳＢ插槽間微微金屬性質的契合感，我想，我們是真的很合吧！

阿琪就躺在床邊，正發出斷斷續續，幾次讓人覺得好像快要窒息了的那種鼾聲，雖然沒有和阿琪在一起多久，可是不知道為什麼，就是覺得這不是構成他們睡在同一張床上的最大阻力，因為她都在一做愛完後就倒頭入睡。這和阿琪所代表的時間長短無關，僅是對於睡眠的一種需要而已。

阿琪從他們兩個認識的第一天開始就習慣在上床前上網，做愛完上網，像工程師例行必要的檢測之類的行程。而做愛只是一天中行程的之一，上網、玩網路遊戲、出去工作是其它。

發現到螢幕桌面上有一個名叫自拍的資料夾，是在玩網路遊戲的時候無聊打開的，會看到有芊芊出現的那段影片，不過是誤打誤撞的結果，或許有故意的成分也說不一定。誰知道會在自拍的影片裡看到她？也沒有想到她會真的做啊！雖然畫面模模糊糊的，重點的部分看不怎麼清楚，可是無論是聲音和體態，還有那兩個男生，怎麼看都像是她曾經跟自己說的那件事。

為什麼這個會在阿琪的電腦裡呢？

她是趁阿琪某次睡著以後，秘密用快轉很倉促地從頭到尾瀏覽過一遍的。因為沒有打開聲音，在38’47”其中一個男生高潮的時候，她第一次還不小心略了過去，然後為了莫名奇妙的結束感到不解。才又偷偷調低音量，重新瀏覽了一遍男生高潮的部份。

另一個男生高潮的時間，是在偷偷看第三遍的時候才找到的。

兩個男生在她身上做的那些事，和A片裡面的情節、動作，甚至對白，都差不多，除了畫質差了點，鏡頭沒有移動，沒有近距離特寫外，若說它是一部A片也差不多，當然專業的部份就差多了。三個人聲音都那麼小聲，尤其男生，那兩個男生的動作笨拙生硬不說，交換姿勢的時候還有說有笑，真是一點氣氛也沒有，對話也蠢極了，要不是有芊芊叫得很大聲的那幾分鐘，這整個影片真的是難看極了。

可是，芊芊叫得很大聲的那段時間，好像都不是男生高潮的時候耶？

Kiki點了一根菸，把阿琪的頭摟進自己赤裸的胸部，趴著的阿琪用略帶睡意的左手輕握住右邊乳房。也只有這一刻，男生的力道才會恰當好處地撫慰著自己的身體。

其他時間不是過度，就是不足。她知道男生都寧可過度。

[40'24"]

假日午後，車站前的光南大批發門口，照例擠滿了成群等待女生補習下課的男生，剛領到駕照的男生或坐或靠在臨停的改裝機車上，或次第拎著安全帽鑽進店內。有些根本就沒上課的人，同樣會在這個時候出現在這裡，和其他人一起享受嬉笑打鬧的午間時光。

他們會在許多便衣店員的緊繃監視底下，挑戰究竟誰能夠順手牽羊摸走最多、價值最高的文具用品、飾品。每當門口爆出一陣低聲的歡呼或是誇張的吹捧聲，往往代表又有某個男生為了心愛的女生，得手了不少價值不菲的文具用品。闖出裝有感應器的大門是他們不分男女一致的目標。

有時以達成特定目標為主，有時以金額判斷。

芊芊就曾經拿到過一副冬天適用的耳罩，還是有耳機功能的那種。

她挽著Mark的手經過對面騎樓時，看到大批發一樓賣唱片及各種飾品的店面裡，制服高中女生各個興沖沖地攢動好奇的眼睛，時不時拿起飾品把玩，然後是制服男生與她們嬉笑錯身而過。她看了一眼Mark，覺得他或許也在回味那個共同經驗的青春，可是當Mark緊盯著某個女生看的時候，她狠狠捏了他腰間的贅肉一把。

「看屁啊？」

「沒有啊！只是看看而已。」Mark故作調皮的說。

才吃過午餐，Mark還沒有想到要去哪裡，只挑了附近較多賓館的鬧區邊緣遊盪，吃飽以後休息一下是再舒適不過了。可是又不能太過刻意。

影片的連結是朋友轉貼給他的。不然他也不會知道。當然更不知道自己會在某個朋友的生日趴裡遇到芊芊，並且意外聊得很來。然後非常理所當然連衣服也沒脫就在車子裡做起愛來。他享受這種理所當然的默契及結果。Mark覺得，她的叫聲比影片裡的女生要好聽多了，而且真實的她，腰也比較粗。但這只是相對而已，芊芊的身材對自己來說，剛好合用，及肩的高度，手臂可以半環繞的腰圍，大眼睛，粉嫩的嘴唇。

除了奶頭的地方顏色稍微深了點以外。這是影片裡看不出來的部份。

他想跟芊芊聊點曾經在這家店裡做過的英雄事蹟，可是那已經是去年的事了，今年的自己不一樣了，是大學生了。他擔心和芊芊聊這個會讓她覺得自己幼稚，可是他也想不起來除了和芊芊聊夜店和Party裡的事以外，還能聊些什麼？他對上課的事並不太熟悉。聊那些高中的往事又容易觸及一些極其敏感的部份。

雖然他直覺有些問題隸屬於默契底下的一部份。可是他擔心好奇的人會是自己。

被芊芊捏完後的身體發出了訊號。紋理細密的指紋、指尖淡淡的桔子香氣、粉橘色指甲油、微涼的掌心，通過各種不同的媒介傳遞某個極其私密的訊息到Mark的腦袋裡。他低頭看著正在挑選手機襪套的芊芊，還有勾著自己手臂的微微碎動的手。

這些都是暗示。他想。皮包裡的錢足夠我們挑間好一點的摩帖了。

■STOP

芊芊不記得自己到底有沒有說過那些話，發出那些聲音，做過那些動作。畢竟那些對話、聲音、動作總是在她並不豐富的生命裡不斷重複，又或是聽見別人那麼說、那麼做。要做的表情、要說的話、要做的動作太多了。

她直覺那個女生不是她的可能性，遠遠大過她就是她。那張模糊的臉上並沒有自己右頰上的那顆淺痣，腰也沒有自己的豐腴，趴著的時候，那對下垂的胸部更讓人覺得噁心。我才沒有老皮成這樣呢。她傳簡訊給某個男生。想要好好找個人大哭一場，可是又怕自己白哭了。因為那根本不是我啊！誰知道那個女的是誰啊？

螢光綠色的房間內，有簡單的裝飾和一些陳設、電器，她只記得那個浴缸和浴室裡沐浴用品的擺設。保險套被用一個深紫色包裝紙收納起來。其他的裝置會和其它摩帖有什麼不一樣？她從來沒有認真比較過這些事。也從來沒有花時間適應這些東西，這些對我們來說都不過是額外的點綴，只要床夠軟夠乾淨就行了。有些男生甚至連這些都不要求呢。光只有我要求有什麼用？她想起黑仔和放克，卻分辨不出他們和其他男生有什麼不同。她知道其中一人有戴保險套，另一人則否，沒有洗澡，其他的部分就完全沒有印象了。想藉著聲音來確認自己，但只聽得見叫聲和空氣中的雜訊，她好像從來沒有仔細聆聽過自己的叫聲。那個畫面中陌生的叫聲。

她按下停止鍵。寫下不在場證明。那天我應該是和Mark在一起。沒錯。她將數位相機裡的記憶卡插進電腦，打開紫丁香落在胸前便是寂寞，上傳當天生日趴的照片，註記日期。

我把頭髮用捲了，換個心情，誰來陪我，好嗎？（繼續閱讀……）

拉鍊

在往西門町的捷運上，我不斷告訴自己「我和別人並沒有不同」。即使戴著全罩式耳機，外面的聲音還是源源不絕灌進體內；上行電梯的距離很長，足夠在出站前把隨身聽的音量調到最大。最大是多大？我沒有特別注意，能驅散入侵的雜音就行了。

「哎喲！沒有人穿那麼緊的牛仔褲玩滑板的啦！你是怎麼了啊？」花生在捷運站出口對我這麼說，表情帶點嫌惡。

捷運站出口廣場在傍晚擠滿了形形色色穿著打扮不同，帶著目的，或者沒有目的，慣性聚集在這裡的人群：遊蕩在麥當勞前等著援交女孩現身的中年男子、等待戀人、約好了的網拍面交、等待永不現身的網友、等待邂逅、瑟縮在角落，等待路人購買口香糖的殘障人士、等待時間過去、等待改變。捷運縮短了彼此的距離，卻也增加了等待的時間。巨大的音量混著雜亂的畫面朝我襲來，我喘不過氣，只乾嘔了一聲。

「又失敗了！」

所以花生後來又說了什麼，對我來說，都只是騷亂中的一小部份而已，他並沒有想移下耳機的念頭，我也不必多此一舉。

耳機裡傳來Limp Bizkit的〈My Way〉。

花生的本名是……，我從沒問過他，他似乎也沒主動提過；和他是在西門誠品後巷的滑板店內認識的。

「嗯……那……你叫我阿窗好了……。」我想很了久才開口。

「阿窗啊！真怪的綽號啊！」他吸了一口菸，瞇著眼自言自語說道。

我竟然沒有介紹自己的本名，這是很不可思議的事。當時明明還穿著制服，胸前大刺刺地繡著年級和姓名，可是在那個時間點上，就是會忽然被週遭的氣氛感染得，覺得自己並不屬於原來的名字；而絞盡腦汁說出的，是一個牽連了半天才沾得上關係的綽號。搞不好根本也沒什麼關係。

還是因為在那樣的氣氛籠下，不捨棄原來的自己，不苦思出一個全新的身分，就無法擁有在街頭生存活動的資格？我不知道。

胸口工整的標楷字體繡著：「9497608陳俊隆」。「俊隆」，很奇怪父母會替我取這個名字，尤其是第三個字，像是被用文書處理軟體自然選字法拼貼出來一樣，第二個「俊」字打完，接著打上注音「ㄌㄨㄥˊ」，自然就會跳出「隆」來。為什麼不是「龍」呢？這樣我就可以理所當然叫做「阿龍」了。這兩個字光氣勢上就差得多了。

為什麼會想要叫「阿窗」呢？

板店的隔壁是「阿尼瑪」，只賣港貨的服飾店，又以專賣二手牛仔褲聞名。店面前擺了一塊從來沒亮過的老舊霓虹招牌。有一次經過，恰巧看到櫥窗裡的模特兒套上了一條我一眼就非常鍾意的牛仔褲——當初就是從這個畫面開始發想，在腦中列出了一堆像是阿牛、褲兒、牛仔、模兜……之類的暱稱，最後終於勉強湊出「阿窗」這兩個字。那時覺得這個暱稱唸起來蠻別緻的。現在也覺得如此。

高三的時候交了第一任女友，同時迷上窄板，而且色系非常深非常暗的牛仔褲——褲管貼著腿部線條延伸，帶點AB收束的褲口設計除了可以修飾腿部線條，也讓腳上馬汀大夫的靴型皮鞋更加顯眼。是十二孔的中高筒靴。每逢假日和女友約在圖書館裡唸書，都一定做這種打扮。不過我們這段戀情後來卻以她不喜歡我比她還愛打扮，提早在聯考前的暑假結束了。現在回想起來，當初她若是以專心準備升學為理由提出分手，或許我會比較釋懷吧？

那是我第一次體會到分手的理由並不是非得和感情有關不可。在一起也是。

在得知吊車尾考上大學的那天，我決定把那條愛不釋穿的牛仔褲、靴型皮鞋，連同初戀女友的名字，一併扔進舊衣回收車內。所以現在任我怎麼回想，也記不起那個女生的名字，只剩下那條牛仔褲帶給我身體的記憶，以及它如海浪般的波紋與色澤。大腿的部分有浪花般的人工刷白處理，所以穿起來相當有立體感；內裡在和肌膚摩擦的時候，會在毛細孔的縫隙間產生奇特的搔癢感，無論磨動得或快或慢，都是非常美妙的體驗。由於只剩身體還留有那段短暫戀情的記憶——幾乎可以說是非得先回憶當時身體的知覺，才能連帶將在背景前活動的角色一一記起那樣，使得我每次經過阿尼瑪，便會特地停下腳步來，仔細觀察店內都陳列些什麼。

除了女店員外，就屬櫥窗內模特兒身上套著的那條牛仔褲了。

雖然也有想過試著不依賴什麼，直接溫習那段初戀，卻不知道怎麼搞的，每次幻想自己穿著牛仔褲的感覺與時間都要多出許多。也許是因為當初被摒棄的人是我，但是對於自己身體裡關於過去的那段記憶，卻又握有主動權吧？身體也是會對記憶偏心的。

眼前這條牛仔褲穿起來，會像之前那條一樣，還是更棒？以前那條給我的感覺又是什麼？好像也無法拼湊得更完整了。真矛盾。有點後悔把她的名字丟掉。

模特兒身上的牛仔褲，是市面上已不多見的橘標Levi's，型號的地方已經損毀了，看起來非常合身，簡直就像是替它量身訂做的。女店員介紹的時候，特別強調了它的二手特色與增值空間。

「阿窗……你叫阿窗對吧？我跟你說，」

「這種二手褲別人花大錢都不見得買得到合身的，你一眼就挑到合身，價位又還沒開始飆昇的款式，真的啦！你算賺到了啦！買了不穿都會漲價耶！」

她說的增值空間，指的應該是遠遠就能聞到，從布料縫隙散發出的霉味吧？但我確實喜歡它的剪裁和版型——是窄管、深藍底泛褐色的低腰牛仔褲。深藍的海，刷褐色的浪花。我的視線隨之浮沉。再三確定了模特兒的性別，雖然平板沒有的表情，不過應該是個男的。它的胸部扁平，但下襠卻也隆起得並不明顯。

「拜託！真的沒有人穿那麼貼的牛仔褲玩板的啦！你看！模特兒的那裡都鼓出一丸了，這樣能看嗎？你不要說沒看到喔！」

這不是花生第一次在我面前嫌棄這條牛仔褲。雖然再三強調對它的喜愛和玩板沒有關係，他卻強調我的穿著應該要隨時都能代表板族精神才是。這讓人苦惱了好幾天。走在滑板店快要比7-11便利商店還要多的西門町街頭，到處充斥著從板店開放式展面內滿洩出的嘻哈音樂，最近流行的趨勢已經快要全面倒向街舞了，如果這個時候還不趕緊強調板族特色，不跳出來捍衛地盤，是絕對會被排擠，被認為有倒戈傾向的。花生煞有其事地解釋。

所以搞不好他見面時對我說的，不是我以為的那句話，而是「穿那麼緊的牛仔褲怎麼玩板啊？」之類的，反正我也記不得這兩個的差別在哪。我只是單純喜歡這件褲子和大腿肌膚之間產生的貼合感，非常舒適，緊密的包覆感讓身體產生了對細胞壁的渴望，即使是橫向伸展開來或是突然蹲下，襠部也不會因為布料的拉撐或緊縮而感到壓迫，甚至還可以說在那裡保持了一塊意外寬敞的空間，即使玩板時流了一身汗，也不會感到悶熱，或有黏膩成一團的感覺，這是我覺得最值得的地方。它似乎是故意要設計出把整個襠部吞沒進另一個空間的感覺，穿著它，即使在路上看到某個令自己心動的女生而勃起，應該也不必擔心會覺得難為情或是有什麼行動不方便的地方吧？這是我後來陸陸續續發現的特點。這樣說起來，褲子本身是不是那麼臭，也就無關緊要了。還是，褲子會這麼臭，是因為它把曾經包覆過的每一具軀體發散出的慾望，都隱藏得實在太好了？那它又怎麼會流落街頭呢？那些穿套過它的軀體又怎麼了呢？

西門捷運站出口廣場，對我來說是一個非常奇特的場所。

要不是花生就在身邊，我是絕對不想一個人待在這裡的。尤其不喜歡和別人發生肢體碰撞。總覺得在這個廣場，就是無法依照自己的韻律前進，總是得不斷地被碰撞，得不停微調自己的韻律，非常麻煩。現在不管男生女生，又都流行穿著寬鬆和多層次的服裝，當人潮擁擠到某個程度，就會可以聽見因為彼此的衣服摩擦得太過激烈，身上發出的滋滋滋的靜電聲。有一陣子我非常愛發出那個聲音，會讓嘴唇有麻麻的感覺，很像在親吻什麼。可是我仍舊不喜歡摩擦與碰撞，帶著滑板在身上，可以替我和他人之間多少爭取出一些空隙。

站在捷運站出口，要是沒有一股作氣衝進去的勇氣，或是和朋友相約一道挺進，身上就會發出滋滋滋的求救信號，叫我不要獨自跨下階梯，一格也不行。有時在出口等朋友，想靠著欄杆喘口氣，滋滋滋的聲音也會立刻變得大聲起來，勸我支持下去。某次我沒有聽從警告，硬是靠在捷運站口外的護欄上，觸摸護欄的雙手竟然立即感到一股詭異的溫熱從金屬表面傳來，還有一層黏黏熱熱的油膜，就算當時馬上把手抽回來，那種感覺還是在掌心上待了好一陣子。有想過用牛仔褲粗糙的布面刮除那層油膜，不知道怎麼，手才擺在大腿上就又縮了回去。並沒有這麼做。

若在滋滋滋毫無旋律的伴奏下，還能仔細觀察站前廣場上的人群流動，而有意想不到的收穫。之前在等花生的時候，便曾看過好幾個人，在人潮的沖刷與短暫迴旋後，像是換了個人似的，除了皺著眉的表情沒有不同外，全身上下的穿著打扮竟然都和第一次看到的樣子完全不同。不只穿著，有時連身邊原本牽著手的人，在進出人群後也都變得不一樣了。只是通常這個時候都看不清楚他們各自的表情就是了。

就是因為這個發現，我開始會在臨出門前，習慣性對著鏡子仔細檢查自己，無論是裸著身體，或是穿戴整齊，都要逼自己把鏡中身體的每一部份牢牢記住，免得在離開西門町時，也像那些人一樣，全都換了個人似的，或是身邊多了奇怪的陌生人，表情卻變得模糊了。不過那種事情到現在一次也沒在身上發生過。不知道是什麼感覺。

穿過廣場後，靜電會逐漸減弱，耳機裡的音樂則會跟著會大聲起來。花生雖然也夾著滑板，不過他卻能熟練地在騎樓底下，或在人群快速流動的步道輕快地左右穿梭，不像我，會因為與迎面而來的行人碰撞搞得遍體鱗傷。在經過幾家雜貨舖子後，便會轉進一條以古早霓虹燈為主飾，兩旁全打著「平行輸入」招牌的服飾店街，阿尼瑪便是左手邊其中一家。板店則是再下去一間。

那時小閔還沒在阿尼瑪打工。是後來在和花生到隔壁串門子的時候認識她的。為了想用便宜的價錢買到那件褲子，我藉機約她出去唱了幾次歌；也邀她和玩板的朋友去夜遊、烤肉；有時玩板玩晚了，乾脆等她下班，和她一起搭捷運回家。

那時蘋果剛考完托福，是第一次，以她的要求來說，分數並不理想。

蘋果，我現在的女友。由於沒有考到理想的大學，便索性休學，整天都待在火車站前的補習班內惡補英文，應該是不久後就要出國唸書了吧！我都叫她「蘋果」，或是「小蘋果」，也會隨意用當季的水果叫她，不過還是以「蘋果」為主；她則習慣叫我「阿隆」，她覺得這樣比較簡單。會叫我「阿窗」的女生，就只有小閔。

有一段日子，說真的，並沒意識到自己劈腿的行為，心態上總抱著：「只是想買到便宜的牛仔褲……」，可是捫心自問，的確也對小閔非常有感覺。她的條件不差，在西門町工作時也不乏追求者，認真比較起來，或許是因為她和蘋果很像，是那種活潑、開朗、跟任何人都能聊得來的女生，所以我們的互動打從一開始，就比她和其他男生要來得愉快許多。也因為這樣，我們才會一下子就走得那麼近吧？

「說真的，你們怎麼有辦法那麼好啊？」每次玩完板後，花生看到我還留下來等她下班，都會這樣問。我搖搖頭。

她甚至連喜歡在看完夜間新聞後做愛的習慣也和蘋果大同小異。還是蘋果和她大同小異？總之看到她們，就不禁會讓我懷疑起那些熱衷於政治時事的男女，也許在接觸新聞或是政治性議題後會令她們格外興奮吧？不過我自己卻對這個習慣沒什麼特別的感覺。心裡就只有「在和蘋果一起看完夜間新聞，後回房做愛時她會特別激情。剛好小閔也是這樣。」的想法。當然，等小閔下班，或是載蘋果回宿舍一起吃宵夜這些事，其實也沒想太多，例如會故意轉到新聞臺，或是想多看一眼政論性節目什麼的。不但沒有這些期待，甚至可以說連一點也沒有過。

要說看電視的話，我比較喜歡模仿秀，只是那陣子模仿秀的內容剛好全都環繞著政治議題，有點巧合罷了。即使到現在好像也是如此。

做愛的時候，也會趴下去用嘴幫她們，倒不是因為有特別想什麼才這麼做，只是單純覺得這樣會令她們愉快而已。唯一不同的是，在屈著腰，把背伏下去時，整片臀部連接大腿的地方會和牛仔褲呈現出緊繃的角力關係，會感受到地殼滑移時對地表造成的滯礙感，雖然有時也因為牛仔褲的布料和床單之間的摩擦係數過低，兩個人不小心滑了開來；或是把床單推擠在一塊，躺起來十分不舒服；但只有這個姿勢，能給予正帶給她們高潮的我，特別精緻而充實的感覺。當下半身感受到和布料摩擦所產生的熱量後，我才開始有了微妙的生理反應。

但當她，或者她們在幫我的時候，所產生身心上的滿足就沒有先前來得強烈，甚至還有隔岸觀火的疏離感。「還是我幫妳們就好了……」好幾次想這麼說，但直到和她們都分手了都沒有說出口，也沒阻止過她們。我對自己會有這種情緒感到不可思議。

會不會和牛仔褲被脫掉了有關？植物的細胞壁一旦被刨除了，生命的維繫與存在感也就變得脆弱了。到底皮膚外層缺了什麼，我說不上來。我曾懷疑自己可能根本不曾喜歡過她們，只是又覺得沒有立場說這些。現在想起來，那時在處理這種關係時，好像也都意外的平靜；只要拉上牛仔褲的拉鍊，扣緊銅扣，紊亂思緒與三個軀體之間的關係也就能從容地被抑制在丹寧布料裡，一個被另一個空間吞沒的空間。之前試穿這條褲子的時候，小閔特別教過我，如何從拉鍊方向分辨性別。

「記得喲！拉鍊朝右開的是男生穿的，朝左開的是女生穿的……當然現在女生穿的比較沒有分左右啦！……不過男生款式的褲子就一定是向右開的喔……」。我下意識用手確定了拉鏈的開口方向。巷內路燈昏暗。我躺在小閔身邊，用指尖輕撫著她額際微微隆起的痘疤。蘋果的呼吸均勻有致。

「喂！阿隆？」花生粗魯的把我的耳機掀起來，大聲的喊道。

「叫你怎麼都不理的啊？你在幹嘛啊？看妹啊？」

「就聽歌啊！」我把耳機卸下。

「你是沒有別條褲子喔？幹嘛非穿這條來玩板啊？說真的，我從來沒看過有人玩板穿得像你這樣，全身上下除了鞋子，窄管牛仔褲，還包得那麼緊、開口開那麼低的V領T-shirt，還是有腰身的這種？你怎麼把自己搞得……像個娘砲一樣啊？……媽的穿成這樣還能有兩個馬子？那兩個該不會其實是你的姐妹吧？」

花生的聲音有點五音不全，混合從他的耳機裡溢出的雜訊，我只能勉強聽懂他的意思。

我搖搖頭，沒有說話，他也搖搖頭，沒多說什麼，一個轉身便轉進巷裡。已經有幾個穿著入時的板族踩著板子在鐵架上練習了。

衣櫥裡的衣服以男生來說並不算多，何況習慣搭配的就是那幾套，品牌及款式方面和巷內這群人比起來，就差得更遠了。只能說是由於非常在意色系的搭配，顏色方面又偏好亮色系，買衣服的時候，還常常為了挑選一件衣服在同一家店內跑進跑出好幾次，每次還都非得帶足了衣褲去交互搭配才下得了決心。因此，即使身上的服飾並不特別昂貴，可就是會穿出自己獨特的氣質來。這是小閔分析的結果。身上這條牛仔褲也是這麼折騰來的。

和小閔的關係大概也是在那次之後變得不一樣的。

學校才剛下課，突然想再去阿尼瑪試穿那件牛仔褲；或許是版型實在太女性化了，小閔一開始是非常反對的，甚至連拿給我試穿都不肯，是後來在另一位店員協調下，才決定先聽小閔的建議，從一件中腰直筒的平口牛仔褲試穿起。小閔負責評價。

當她把牛仔褲拿到面前時，眼神並沒有和我交會。這條和我丟掉的那條真的很像，但僅止於外型，或許是色澤。穿上這件褲子的整體感覺沒有很好。布料與皮膚格格不入，有刺刺癢癢的感覺。伸展方面也不太順利，像是穿著軍服，一切行為舉止都像被漿過一樣，只能有稜有角地作動。使得我才在鏡子前站沒幾秒，就急著想把褲子脫下來。如果一個女孩曾那麼輕柔地撫摸你的臉頰，後來卻又在你的臉上留下無意的抓痕，相信那種無法停止的切割與墜落感，即使在許久之後，你的心境已經著陸了，身體對於曾經粉身碎骨的記憶，卻是一輩子都不會忘記的；縱使之後有再多雙手也同她一般撫摸，帶給身體與心理上的感覺，就是會有決定性的不同。

這條漿得平整近乎僵硬的褲子很像小孩子玩的那種有動物形狀的黏土模具，正想盡辦法要揉合我那些散落在過去的碎片，可惜手法粗暴。我感覺到小閔非常想幫助我。

「她該不會是想透過牛仔褲了解我吧？」我偷瞄她一眼。就像藏在心裡的秘密輕易就被識破一樣，我到底希不希望有「人」能了解自己呢？

焦急地把褲子脫掉的時候，她又從背後遞了件深藍色幾乎看不見布料紋理的牛仔褲進來，什麼話也沒說，只輕輕把更衣室的門簾帶上，沒有半點腳步聲。

板店裡相當熱鬧，幾個朋友正圍成一圈吃晚餐。穿著短褲蹲在角落的是阿德，他那條無論四季都穿著的軍綠迷彩短褲早已被磨得破破爛爛，都看得到裡面的花內褲了。坐在小凳子上，穿著黑色水洗絲長褲的是彼得，那是他高中時偷偷去外面訂做的，走起路來會飄的制服褲。「反正都一樣垮……這條在玩板的時候還會飄喔！」他曾經得意地給對著在一旁欣賞他滑板的女生介紹那條褲子的歷史。花生穿得像是美國東岸的黑人，脖子上除了掛著進門之後為了交談方便才卸下的耳機，還有一條小拇指般粗細的金鍊子；過長的棉質褲管在鞋子上積了好幾層，但因為他特殊的走路方式，怎麼都不會踩到。

「喔！拜託！阿窗……你不要這樣穿好不好？很……很怪唉！」阿德一看到我，就露出受不了的表情說。

「沒有啦！啊就就想穿比較服貼的褲子嘛！包覆感比較好嘛！」我試著辯解，不過成效不彰，他們有的繼續低頭吃飯，有的則是拎著板子閉目聽歌，只有花生還傳了盒便當給我，順便打打圓場。

「阿尼瑪的馬子咧？沒聯絡了喔？」

「唉！啊已經買完牛仔褲了啊，當然就不用再聯絡了啊，隨便找個理由就分了嘛……阿窗你喔……」阿德邊扒飯，口齒不清的說。

其實我們還有聯絡喔！我和小閔。甚至比之前更頻繁了。

深藍色看不見紋理的牛仔褲在她手裡發著光，腦海裡置換了幾件上衣，卻沒有能和那道光搭配的，越換只越顯得黯淡。她似乎也察覺到我的猶豫，隔著更衣室淡淡地開口說。

「阿窗……你先穿穿看吧！真的不行，再試穿前面那條……」

我不確定那道光是來自牛仔褲，還是來自小閔。甚至不能確定那是什麼光，但也想不出還有什麼能比這道光更吸引我。

第二條牛仔褲穿起來也沒有預期的舒適，照理來說，這種無織理的設計更應該有非常綿細的觸感才對，可是當我穿著它一活動起來，卻只有關節與肌肉無時無刻都被箝住的感覺，更別提雙腳從襠部的地方開始一直延伸到腳踝，就像是被用膠帶從兩側封貼起來一樣，即使同樣是直筒靴型，卻有性向幾乎要被逼進橫膈裡的彆扭，每一步都將我的慾念勒縛得更緊。

「還是不舒服嗎？」看我沒有出聲，小閔鬼祟地探頭進來問道。

「非常……」我沒有回頭。看著鏡中不停地扭動下身，想多掙扎一下，看看能不能找到一個較舒適的角度。鏡子裡的我像是正要破繭的蠶蟲，而這條褲子的拉鍊卻出奇的堅固。

「你知道嗎？你現在穿的這條可是典型的板褲喲！很多男生都愛穿喔……」

「嗯！我……知道了。」鏡中的我一動也沒不動。

當大夥都現身在性病防治中心前的廣場時，正是西門町的夜最美麗的時候。

比起蘋果，小閔來看我玩滑板的次數多了許多，這和她佔了地利之便有關。當然她也愛看廣場上的其他男生，不過主要是注意他們的打扮。起碼我是這麼認為。

這是我頭一次穿那麼合身的褲子玩滑板，有點緊張，可是實際上並沒有行動上的不便或綁縛感。不斷有布料和肌膚緊密貼合產生的吸附感，穿透每個毛細孔從下半身傳來，整件褲子像是真正成為身體的一部分，那是一種非常熟悉的親切感。好像真的能還原，或是重塑自己的某個部份。我回頭看到小閔正熱切笑著。她看著褲子隨著我的肢體伸展出優美的線條，從她微張的嘴裡，我聽見了驚嘆。

和她在試衣間裡擁吻時，她像是完全沒有看到我；那也是我第一次和她擁抱，卻沒有一點生理反應。那個空間真的被吞沒了？連同感覺？

一兩個星期前，她們店裡進了新貨，正好是我要付清牛仔褲尾款的期限附近。我們耗了一下午的時間在試衣間裡，輪流試穿了好幾百件衣服，她非常適合斜開領的T-shirt，加上她笑的時候產生的那股熱與光，讓試衣間裡，穿著露背上衣的我一點不覺得冷。

這使我確定那道光是來自她的眼神。

「你知道嗎？說真的，我覺得你這樣穿非常有味道……」我們擠在同一格試衣間，裸著身體，毫無羞恥干擾。

「是指穿著的部分？還是我本人……」我靦腆地看了看鏡子裡的自己。

「這個問題有點難回答……總之是整個人的氣氛，也不是說你特別……」

「算了！說不出口就不用勉強了！呵呵」不知道為什麼，我突然笑著阻止她繼續說下去，只想趕緊脫下上衣。她卻一把扣住我的手臂。

「先不要脫……我想多看你一下……」

「……我想我跟你都不會因此改變的。」就是這句話。我不明白她的意思。

我覺得頭暈。

「阿窗！阿窗！你沒事吧？」是花生的聲音。

「啊……身體有點痛……」我的眼前一片漆黑，人影在我面前晃動。

「廢話！穿成這樣沒摔死你已經很好命了！早叫你不要穿成這樣了！」彼得踩在滑板上左右搖晃，飄逸的褲管在我臉頰旁搧起一陣涼風。

我想起有一陣子不喜歡來西門町的原因，是因為找不到自己。這個理由其實非常籠統：只要一想到無論怎麼打扮，都會在這裡遇到與自己相似，甚至一模一樣的人，就覺得自己到底有沒有出現好像就沒有什麼所謂了；即使原本有想來這邊做些什麼的，可是一有了這個念頭，即便吃力地打開衣櫥，也會看到一張張陌生的臉孔以衣櫥裡的衣服為樣本，經由亂數配對，線性地在櫥櫃裡來回走動。沒有一張是自己的臉。關上衣櫥時還會發出地震般隆隆聲響。

摔得不輕，衣服底下應該留有幾處瘀青，碰到會有點麻麻的，才新買的牛仔褲的大腿外側裂了一個長長的開口，膝蓋的地方也磨出大片白色的棉絮來。連這種造型也在路上隨處可見，沒有人會覺得這是我摔出來的。

傷口並不深，卻混著血塊和砂粒和牛仔布料沾黏在一起，十分難以處理，像是一隻佈滿血絲的眼球，正流著血淚和我對望。這就是為什麼有人喜歡穿寬鬆的衣服的原因吧！用寬鬆的衣服遮掩真實的自己，盡量在衣服和身體間保留多一點空間，在承受外力的碰撞和衝擊時，也就能多點緩衝了；只是裝扮太過複雜就無法認識真實的彼此了。

褪去衣物後的自己當然還是完好的，可就是因為大多數的時間都習慣依賴裝扮，彼此也不斷經由別人的妝扮相互認識，一旦時間久了，好像衣服與裝扮反倒成了自己的最佳代言人，甚至就是自己。我盡量讓衣櫥裡保持做為一部分我的狀態，包括假日和蘋果約會的時候，會叫她不必刻意穿胸罩出門。她知道我沒有別的意思。

在她出國前的最後幾個月，我們一星期都還是會固定約出來見一次面，飲食習慣也從宵夜改成午餐，然後去逛大賣場，最後再送她回家這類非常平淡的行程。少了夜間新聞沒有讓彼此變得生疏，只是那一陣子我們總像是約好了一樣，都是隨性挑了件衣服，也沒什麼特別打扮就見面了。這種擁抱的感覺相當真實。直到她出國後我都沒有想到要和她做愛這件事。

小時候父母替自己選購衣服的時候，常常會因為考慮發育速度，特意挑選大個一兩號的衣服，多在身體和衣物之間騰出一些生長空間，長大以後好像也就沿襲這種慣性，有一陣子變得非常熱衷於穿套寬鬆舒適的衣物，喜歡讓身體和衣服之間保持一點距離，這麼一來是不是就能在他人閱讀自己的時候，保持安全距離？那這個習慣又是什麼時候改變了呢？難道真是因為高三時的那條牛仔褲嗎？印象中它是包覆的。在它貼身的記憶裡，彷彿也編織有我和那些記不起名字的女孩的短暫回憶。關於那時被嫌棄的裝扮，現在好像也還是處在被嫌棄的狀態。或許是從那時開始，就喜歡上貼身的自己了也說不一定。

那次摔倒之後過沒多久，小閔就離職了。我還不知道她的本名，甚至她的手機號碼，只記得走進阿尼瑪，或是站在櫥窗外面時，就一定能看見她，還有身上這條牛仔褲還套在模特兒身上的日子。小閔消失了。會不會是因為那些屬於她的記憶，已經隨著牛仔褲破損的布料遺落在那天的廣場上了呢？廣場上很黑，誰都沒有彎下腰去搜尋什麼，或是知道該搜尋什麼。只是當我試著處理完傷口，再抬起頭時，小閔、板店裡認識的幾個朋友，還有斷成兩截的滑板，都在那個時間點，消失在我的視線裡。

蘋果這次的托福成績考得好多了。

我站在衣櫥前，正在考慮該不該好好把裡頭的衣服徹底整理一遍，留下合身的，較常搭配的樣式；也將褲子一件件拿出來搭配，努力組裝出一個真正的我，那麼別人就能更輕鬆地認識我了。當然，我是否真的能夠被認識好像也並不挺重要的。

蘋果最後一次躺在我身邊時，對我出乎意料的熱情感到訝異。和她擁吻，做愛的時候都非常愉快，像是每一次觸摸與愛撫，都更清楚自己的每個部份，如正在結成一塊完整的痂般，我想起小閔說的，右開的拉鍊是屬於任何人的。

纍纍

阿忠伯不敢相信，這條飼了十幾年的老狗，竟然會在那麼重要的非常時期欺騙自己。

「幹伊娘咧！你講這什麼瘋話？鄉公所的人怎麼會刁難咱呢？」他在責打阿土的時候，只是近乎歇斯底里地不停咆嘯。

可憐的老狗阿土，就在去年即將接近尾聲時的某天傍晚，被阿忠伯活活打死在自家宅院通往蓮霧園的入口處，離自己日常活動和就寢的地方不過十步之遙。阿忠伯手中犁土的耙子尖端還迴旋滲漉腥紅的血，隨他沉重的步伐一路滴進蓮霧園深處。每一滴血滴落時的顏色和聲音，無不被腳底下這片龜裂的大地吸收。

「你，你怎麼可以在那麼重要的時陣講這款白賊？」

這件事，他並不打算要對將回屏東過年的小孫子提起，也沒有對就葬在園子東面小山坡上的阿忠嫂說。他不想在一年就只回來一次的小孫子心中，留下太過超齡的記憶，即便他知道小孩子總是忘得很快。但最主要的原因，實在還是因為阿忠嫂生前真的太疼牠了。其實，不要說阿忠嫂，當阿忠伯回過神來，垂軟了手攤坐在阿土身邊，輕拂牠微溫的下頷，並且輕喚阿土而沒有反應時，心中唯一的想法，就是索性也跳進隔壁的灌溉大排，隨他們兩個去算了。他恨自己不知道該要怨誰才好。

要是小孫子問起阿土去哪怎麼辦？往年他們在一起玩得那麼開心的景象，今年是看不到了。

土裡的牠，也會是溫熱的嗎？

「欲按怎講咧？小家慶伊應該也不會相信阿土會甲咱欺騙吧？」

都活這麼一大把年紀了，也亦步亦趨和阿忠伯並步照料蓮霧園十幾寒暑，甚至去年八月的風災，水都快淹滿一層樓高了，阿土牠竟然能游伏到屋舍外露出的冷氣機檯上，撐餓了兩天兩夜，直到第三天一大早，水些微退去了，阿忠伯託消防隊裡認識的朋友開皮艇回園子巡視災情時，才好不容易撿回牠這條老命。僥倖也罷，緣份未盡也罷，要說自己的命是阿忠伯給的實在也不為過。

只不過，牠應該也沒料想到，雖然能活著在夜裡替許多沒能熬過風災的鄉里間的夥伴弔唁幾句，卻也不過只比牠們要多活個幾天，就在積水尚未完全退去，淤土還有大半沒除盡，連自己失去的體重都還來不及胖回來的數日後，被主人給打死了。

在阿忠伯殺紅了眼的那幾分鐘裡，住隔壁的阿林仔不乏捨身出面攔了幾耙子，險些還打壞了自家門口的村里佈告欄和傷了手臂，卻終究沒能保住牠這條老命。

「早就跟你講過，叫你不要喚阿土去鄉公所了，你就是不聽……」阿林仔事後的指責，幾次都讓阿忠伯摀起耳朵大聲喊著不想聽了，卻每每在往後的夜裡，伴隨若有似無的阿土的低鳴，迴盪在夢裡。彷彿每一陣經過蓮霧園的風裡，都能聽得見牠不平的嗚咽。

「若是當初無叫你去鄉公所探聽消息就好了……」阿忠懊悔地望向家宅通往園子的十字路口旁那微微隆起的土丘，邊吞吐著煙，老淚又滴了下來。

至少沒有怠慢了你的後事。他想。這次風災後，是有足夠的泥土替你風光大葬了。

大兒子一如往年，因為早安排了趁年假和朋友出國旅遊的計畫，同媳婦在大年初一清早，吃過幾片他親煎的用蛋汁裹的甜粿後，就匆匆北上了。留下六歲大的小孫子家慶和他一老一小，共度接連幾天年節假期。從國外學了建築和環境工程雙碩士回來的小兒子，這幾年聽說都在為熱絡的房市而忙得不可開交，今年一樣是沒辦法回佳冬過年了。小兒媳在電話裡開心地說，他正在搞一個叫做「美品苑」的新建案，就在市中心，一坪要七十幾萬呢！

聽她口氣，像是還有什麼要緊的事得忙，沒能趕緊對她說出祝他們一家子今年都能身體健康和萬事如意的心願，便在兒媳簡單而倉卒的寒暄後掛上了電話。至少知道他們都過得很好。看到充滿年節喜氣的電視報導關於房價和地價創新高的新聞時，阿忠伯如此虔誠地祈求。

往年此時，阿土總會陪著留在佳冬的小家慶在院子裡玩耍，阿忠伯進果園巡視時，也都會把他帶在身邊，偶爾一起赤腳沾沾泥土的溼氣。今年兩個人沉默以對的時間，看來要比往年多多了。小家慶對阿土死了這件事倒好像還忘得快些，反而是他天真地吵著想進園子裡玩躲迷藏的要求，讓決心不在年節時期進園子的阿忠伯，更加消沉下去。

風災到現在快半年了，一開始還能申請下來的幾項基本的單次補助、定額發放的民生必需品、有限度的屋舍整修經費，隨著日子過去，慢慢就再也沒有從鄉公所那裡傳來有關重建的消息了。所以部分災情嚴重的鄉民像是阿忠伯、小林伯還有興仔他們家，到現在仍是全家都吃力地與生活、與環境搏鬥著。勉強還能算是新聞的，就是最近經過鄉公所附近，能夠看到裡面的職員們無一不滿懷即將過年的喜氣，張燈結綵地在籌備年節晚會和摸彩活動，像是為了要犒賞自己一年來的辛苦似的。

剩下的，就是阿土生前打聽到的，那則送了牠自己一程的，阿忠伯到現在都還不願相信的消息。

「這是鄉公所後面飼的豬公甲我講的⋯⋯，準不會錯⋯⋯」阿土信誓旦旦地朝叼著菸的阿忠伯說。

「牠跟我是自細漢玩到大的，哪有可能會騙我？⋯⋯」阿忠伯只是不住搖頭。想這些有什麼用？什麼也挽回不了了。牠是死了，園子眼看也是沒望了。

想到阿土辯解時的神態，瘸著僅還能勉強支撐的前腿，眼神堅定且帶有土狗特有的俐落瞅著自己，再想起對牠的那些無情的責罵，自己真是可鄙極了。

「鄉公所的人為什麼欲騙咱？淤泥就是要高過那個標準才有補助，哪會錯呢？」

阿忠伯留小家慶在底下，一個人站在馬梯仔的最高處，銳起眼打量園子的情形。

從身後的大排綿延到下一個大排的整片蓮霧園，裡頭數千株蓮霧樹，只差沒都給他們取上名字，不然還記不住他們錯根的樣子？十幾年來生長的體態？那些青綠的肌膚與飽滿的枝幹？想到明明是自己叫阿土去探聽消息的，卻因為無理的衝動而奪去老戰友的性命，他很是愧疚地沒再敢多看園子一眼。下梯時，一旁灌溉用的大排裡正停了一架不知道從哪裡駛來的怪手，遲頓地在還沒能濬除見底的淤泥上吃力地運轉。大排裡的泥土隨連日烈陽的曝曬，和園子一樣，呈現出一副龜裂缺乏保養的氣質。時間和氣候無不轉順推移得飛快，淘濬的工作更是難上加難了。

何況去年風災正衝著蓮霧的催花期來，園子裡已經完全枯死的就佔去二分一，半黃褪青的佔四分一，剩下還撐著新綠色澤的，也是離灌溉渠道和潰堤處最遠的，只不到四分之一。他揉揉乾澀的眼睛，在這稱得上算完好的部份裡，可能還混了一部份看不見的籬笆過去，隔壁同為蓮霧農的雄伯的蓮霧園吧？阿忠伯隱約已經看到去年這時雄伯早早就在替園子裡的蓮霧株澆灌上厚厚的新肥，準備好要把一落落紙袋搬出來的情景。他不敢再想下去。

「好的時陣，一株會結百粒蓮霧呢！」記得某次過年，小家慶踮起腳想取最高的那包蓮霧時，阿忠伯沒將他扶抱上去，就指著樹叢最底下的那包說，阿公栽的蓮霧樹，低的和高的攏甜啦！

他又想起，兒子來接小家慶北上時，總因為嫌蓮霧太多太重，不願多帶一些分給同住在城裡的親戚朋友。媳婦那時也總是只坐在車裡降下車車窗朝自己揮手。他不知道該不該繼續去想已經不在了的老伴。

以前在結實的季節裡，總是阿忠嫂遞紙袋，自己紮蓮霧，阿土負責驅趕成群降落在園子裡偷食的麻雀，即便兩個人才剛在客廳裡為了政論節目的內容吵得不可開交，一進到園子裡，就像是沒有什麼比蓮霧更寶貝的事情了，齊心替纍纍的果實紮上紙袋。

「我無錢，只有堆成山的黑珍珠和熱天的雪……」阿忠伯沒讀什麼書，阿忠嫂也是，對他們來說，園子裡數以百計千計包被裹在白紙袋裡的蓮霧，都讓他們覺得，即使在夏天也如同置身某幅北國雪景，也能被空氣中飄漾的酸甜清香的果漿沁透。

但這些都是阿忠嫂過身後就不再想起的。

尤其去年風災至今，孑然的阿忠伯早就習慣不去感傷那些會令自己失眠的事與物，或許，那時連能撿回一條命都已經是老天保佑了。雄伯似乎又遠遠地在那裡呼叫自己的名字，他最後一步蹬下馬梯仔時，莫名地駐足在某一株細瘦的蓮霧樹旁。

少了阿土，習慣流竄於各果園間的麻雀們，像是看準了時機，各個心懷不軌地紛沓而至，但由於園子幾近衰頹，阿忠伯不如往年那般討厭牠們落在園子裡，反而像是突然和麻雀們言歸於好，任牠們圍繞在身邊彈跳玩耍，啄食樹上屈指可數的果實。虧待你們那麼多年，若是這個園子現在還能多少餵食你們，不也是挺好的？至少趁樹仔完全枯死之前，你們能好好飽餐個幾頓吧？也請別去叨擾那些正要豐收的鄰居們了。

「噓……卡細聲欸，卡細力欸，若是嚇到他們，他們就會更加倒縮進去，不會擱發啊！」

阿忠伯靜靜地蹲在這棵樹下，像是擔心自己的舉動和身邊的麻雀會驚動到這些已經共同為了生活奮戰數十載，而今奄奄一息的摯友似的，只是屏氣凝神，一分一寸地用粗礫的指尖摳起薄薄如屑的地表，輕拂蓮霧根幹四周牢附的淤泥。早就曝曬成褐灰色的積了數十公分的淤泥雖然呈現龜裂的狀態，卻仍緊密不透隙地沾附在根幹表面。有的即使看似鬆垮，但是稍一不留神，不僅沒能鬆軟根幹旁早已乾硬的淤泥，反而可能提早斷了他們仍生死未卜的性命。

熟悉的泥土氣息是過多了，屏息的他只覺得週遭麻雀嘰喳得過份，下意識地才剛喊出阿土的名字就立刻後悔了。這想必是牠們的詭計吧？

「聽說政府要全面補助受災果農了呢！」牠們不經意地用阿忠伯能聽得清楚的音量，在林葉間朗聲交談。其中一隻還特別雀躍地降落在他腳邊，似乎是在感謝這難得的施予般，字正腔圓地說道。

「聽見了嗎？聽說政府決定要全面補助受災果農呢！」

「是嗎？怎麼補助？」另一隻剛吃飽棲在樹梢上休息的，看見阿忠伯沒反應過來，便故作姿態連忙幫腔。

「就補助全面改種芒果啊！只要趕在新曆年前決定就行了啊，多有效率又簡便啊！」

「喔？對啊！你看人家愛文芒果產值多好啊！」麻雀們用他在園子裡工作了一輩子從沒聽過的方式合唱，一聲聲地傳進耳裡。

「而且，沒有了蓮霧，還有芒果呀！咱以後有芒果吃囉！」有幾隻麻雀躍則是有節奏地高聲重複唱和著這句話，但也有少數幾隻不合群的仍停在他的腳邊嚷嚷。

「你們高興什麼？這樣以後不就吃不到黑珍珠了嗎？」

「別擔心嘛，反正這裡沒種，別處也會種嘛！一定不會沒有人種黑珍珠的啊！」一搭一唱到個段落後，牠們就像是果足腹了，意思也傳達了，便突然發出不規律地的歡喜啼啼，毫不戀棧地振翅飛往下一個果園了。只留下「這裡沒種，別處也會種，一定不會沒有人種黑珍珠的」的餘音反覆衝擊阿忠伯這副衰老的身體，他突然覺得，不知道為什麼，黑珍珠被他們講起來，比較像是某個妓女的名字。

種蓮霧快要四十年了，怎麼能一夕之間說換就換呢？今年的催花期已經是來不及了，不到明年，又哪裡知道眼前的蓮霧株是生是死哩？整地要經費，新作物所需的種苗、技術引進也要經費，換耕後的收入空窗期有多久更是讓人不敢想像。累積了一生的經驗，又哪裡是零星的微額補助可以解決的呢？直到心裡成堆的問題頂得胸口隱隱發脹發痛了，這才乍然聽到小家慶一個人的嬉笑聲由遠而近，催促他自去年的噩夢裡醒來。

他在追逐什麼？阿忠伯用燒啞的嗓子朝笑聲傳來的方向喊了幾聲「降落傘」，卻沒有回應。

「降落傘！……」

「降落傘！……」

他記得，大兒子這次離開的時候是這樣叫小家慶的，用他頗為意外的，只在電影裡聽到的外國口音。

「Johnathon！把比跟馬迷不在，要乖乖聽阿公的話喔！爸，你也保重唷！」大兒子邊升起車窗邊說話的口氣和順序每年都大同小異，唯一不同的，是今年小家慶多了這個陌生的名字。

不管怎麼模仿大兒子的腔調，自己就是沒辦法發出那種聽起來格外高級而嘹喨的音色。你知道我在叫你嗎？小家慶現在沒有阿忠伯念得標準的名字了。他自顧自地在園子裡隨風追逐一片片飄落眼前的蓮霧葉，枯黃乾澀充滿鹹味的葉脈在空中摩擦出一則則蓮霧園裡數十年來發生的大小故事，而阿忠伯只想盡辦法收起耳朵，緊緊盯著正賣力奔跑小孫子，努力讓自己不要陷入那些令人沮喪的回憶裡。

他想，降落傘是聽不懂了。

「他們走這麼遠一趟來屏東，嘛算有心啊……」雙腿早就蹲麻了，卻沒有想起身的念頭。該帶小家慶給他阿嬤上柱香了。

阿忠伯牽著小孫子散步到園子東側阿忠嫂的墳前，在多風而且可以看得到海的小丘陵上，彎腰拉著孫子的小手合什，默默誦讀最近好不容易才向待在鄉裡辦救助的義工那裡學來的國語版「波若波羅蜜多心經」。

「來！我阿忠伯和降落傘，要來背波若波羅蜜多心經了，觀自在…菩薩…，行深…波若波羅蜜多時……」他咬字不分明的字句讓小孫子覺得阿公像極了外星人，咯咯地笑個不停。

小家慶總算聽得懂自己喊降落傘的時候是在叫他了。

降落傘覺得園子在傍晚的時候從這個位置看起來，更深、更大了。

黃昏時分，橙黃的落日映照落葉和隱約傳來的潮水聲，讓降落傘小小的腦袋想起學校老師曾教過與季節有關的英文單字。

「Autumn……Autumn」不甚完整的音符從稚弱的嗓音裡蹦跳出來，讓阿忠伯以為小家慶突然想念起阿土，而他也想起和阿土的那番對話。

「我前幾天才向隔壁村的阿興仔探聽，講哪是欲申請補助清除園子裡的淤泥，不知影要積超過幾公分才有法度申請啊，」

「伊講這是伊從鄉公所那裡問來的消息啊！準是不會錯的！怎麼跟你講的差那麼多？」阿忠伯邊說邊脫下汗濕了的上衣，一邊還替阿土放在家門邊的碗裡倒進剛煮好的飯菜。

「可是，我去鄉公所那邊聽到的消息不是這樣欸，」阿土沒有如平時那般急於用餐，反而像是知道事情的先後緩急一樣，正襟危坐地踞在門口娓娓說道。

「住在鄉公所後面的阿肥甲我講，說伊自風災到現在那麼多天，從來就沒聽過有這條，也不敢猜是誰在傳的……無論按怎，伊是講至少一開始伊是沒聽過這款事就是啊。」

「不會是伊聽錯吧？」阿忠伯走到門檻邊，蹲下去用厚實的手掌搓揉著阿土已經垂老的脖子上的餘肉，牠有力的吞嚥聲讓阿忠伯覺得到老還能有這個伴陪在身邊，真的是再幸福不過的事了。

他隨之想到，雖然因為連年的不景氣，附近好幾家鄰居的晚輩都紛紛從外面回村子來幫忙，但這樣反而是給村子注入了新鮮的生氣。反觀自己，小兒子學成回國後，總是在北部忙得不可開交，鮮少能勻出時間回來走走；大兒子也是因為工作的關係，能按表一年回來一次他已經很滿足了。再過不久，小家慶上小學了，過年能回來的機會大概就更少了。

「阿肥他平常時，就什麼事也免做，只等著吃、睡和聽而已，他又懶得走動，哪還會錯過什麼呢？」阿土像是在叮嚀阿忠伯別停下正撫摸著自己背脊的手，回頭用鼻尖撥弄他的手掌，連帶輕聲地辯解。

「話不是這麼說，你想，鄉公所的人沒事幹嘛欲甲咱唬爛？這款事你不能黑白講呀！他們都和我們鬥陣在這裡打拚這麼久……」

「誰知影？……阿肥伊是這麼講的啊！」阿土那混合了咀嚼聲的堅定口語氣，阿忠伯到現在都還忘不了。

「走！我早就應該自己問阿肥才對，這隻豬公到底是聽到什麼？」他早早便因為一場噩夢醒來，但看見小家慶細瘦的身軀正偎在身旁暖暖地發著熱，才又回籠一路睡到將近中午才帶著小家慶出現在鄉公所後面的豬圈。

「阿肥，來，你講，你那時到底跟阿土講了什麼？原原本本擱對我講一次……」

即使太陽正當空曝著，小孫子仍帶著朦朧睡意在阿公的背後搖搖晃晃，直看到阿公在和一頭肥豬稀鬆平常地在交談，他才睜大了眼睛清醒過來。

「Pig！Pig！」小家慶指著阿肥碩大的軀體煞有精神地大叫。

「伊叫阿肥啦！不是叫做屁哥啦！是一隻豬公啦！」阿忠伯和緩地回頭對小家慶說完，隨即又板起急厲的表情對著阿肥。

「我講阿忠伯啊，我們三個熟識也幾十冬了，」阿肥遲鈍地抬動癡肥的下巴開口說道。

「也同款都是沒讀過書的……不過，至少知影話是不能黑白講的……」

「擱講，去年風災沒輪到我，今年咧？逶境咧？我已是將死的了，又何必騙阿土，騙你咧？」

聽到牠一字一句挾帶濃厚的鼻音，頗有感觸地說完後，阿忠伯這才不好意思地釋出善意，走到阿肥身邊坐了下來，示意牠繼續說下去。小家慶這時則調皮地鑽到他和阿肥之間。

「換種芒果的事你是知影啊！」

阿忠伯點點頭，同時回頭偷瞄了鄉公所灰白方正的建築物一眼，有幾個辦事員正坐在鄉公所後院的榕樹下放聲地泡茶談笑。看看天空，不過才十點半多而已，他示意阿肥降低音量。但總還是覺得那幾個辦事員似乎正對著和豬公說話的自己，投以輕蔑的神情。

「喔，他們是新「空降」來的啦，聽說好像多少都是有什麼關係的啦！不過，這種事我也不懂……」豬公無奈乾笑了兩聲後又說。

「這件事，講坦白，嘛不是憑我這隻憨豬隨便就講得清楚的事，能講清楚我聽到的就已經不錯了……。」牠伸了身後腿講完開場白後，接著又說。

「那天早上，好像是隔壁村的阿林仔先來的……，後來又來了米桶伯、村長也帶了幾個人……」

「原本大家都只是在抱怨蓮霧園和魚塭的災情，沒多久，就有人提到該是要趕緊請人來幫忙清除兩邊的淤泥……」豬公說到這裡，慢吞吞地瞧了樹底下那幾個辦事員。

「然後，就不知影是誰提起，問講欲清除災情造成的土沙，是不是也可以請款補助？」

「一開始，一個口氣聽起來顛倒擱阿莎力的女辦事員，應該嘛是新來的，講這款災後重建的經費，應該是只要你提出申請，補助就一定都可以下來的啦……」

「欸，你不要問我是誰，這個我也認不出來，而且大家都是同鄉的……」阿肥說到這裡，嗓門拉得更開了。

「聽到這個也有補助，大家當然是卡放心啊！至少也是一個希望啊，起碼經濟可以稍微鬆一點嘛，」

「有幾個辦事員大概是看場面緩和不少，氣氛也沒那麼壞了，就都跳出來贊聲，講是連這種簡單的事都不補助，那政府實在是太差勁了……。阿忠伯你是知影的，風災過後，好聽的話差不多就都是這些啦！」

阿忠伯邊點頭，邊用手揮趕那些飛繞在小家慶身邊的蒼蠅和蚊子，聽不懂豬公阿肥在說什麼的小家慶，早已沉沉地倚進自己的手臂和盤坐的雙腿的角落裡發夢了。

「這些大概就是你之前聽到的吧？」阿肥以像是在替死去的阿土抱不平的口吻，瞇著小眼睛以確認的口吻對阿忠伯說。看到他不置可否的表情，阿肥繼續搖動肥豬頸說。

「一到下午，事情就無同款了，……阿土會被你誤會，大概也是因為我接下來要講的這些吧！」

「嘛不知影是誰去撖了相關法規還查了什麼資料的……你知影嘛，這些我哪會懂……」

「……下午那時陣人都回去講好消息了，是講嘛不知影是哪一個辦事員突然講什麼，欲申請補助是沒問題，不過噯多一個檢測手續，講是蓮霧園裡淤積的泥土要高過一個標準，才能申請補助……」

「大家一開始也是想，既然頂頭多講噯申請手續，那就趕緊辦吧，卡緊申請，補助才會卡緊落來，不然園子拋荒在那裡也不是辦法……」

「不然還能怎麼辦？」阿忠伯邊聽邊附和，輕輕地有規律地搖起熟睡的小家慶，發現到眼底這個酣睡的小孩子，倒還真與自己有幾分相像呢！

「若是真正這樣那倒還好，接下來，大家就開始議論啦，若是要測量，標準是幾公分？三十？五十？這個連辦事員他們自己都講得不同款，我們哪會知影？而且，若是真正有一個標準……，來！阿忠伯，你家園子有多大？」

「兩、三頃半吧？」

「興仔就問，每一家的園子地勢又不是說攏同款，這土地有高有低，你怎麼能夠整片淤泥都去測量高度呢？」

「小林嘛有跳出來講，若是甘那自己測量申報，那幹嘛還要多這個標準？若是嗳請鄉公所的人測量，全鄉那麼多園子要測量完，申請時間差不多也過了。再說，是他先還是阿猴他們家先咧？而且，這個補助的手續，去年底就要申請完成了，你說，那個時陣，大家光整建家園和搶救蓮霧株都來不及，哪擱有氣力去搞這些？」

「所以那些上午聽到消息，原本下午趕忙帶點伴手來答謝辦事員的鄉民，才會抱著悲愾的心情離開啊……」

「這分明就是……喂！阿忠伯？你去申請了沒？那些整建補助？擱有換耕補助？」

阿肥翻身的時候，挾帶著一股溫熱的屎味撲鼻而來，小傢伙乍醒過來，露出作嘔的表情又將臉埋進自己臂彎裡。

「整建經費是申請啊，……換耕的那條就無啊，那個時陣，我嘛不知影應該全部翻掉，還是擱再等看嘜……，無到現在過年，實在嘛是無法度確定蓮霧會死多少，剩多少啊……」

「不過，現在這些對你來講嘛已經不重要啊，你家嘛甘那剩你一個人而已。你就看卡開點啦！啊……，阿土啊！你真正是冤枉死啊！」聽到豬公越說越淒厲，尤其是那一聲阿土，阿忠伯突然有種再不能止住的悲哀從眼眶裡湧出，除了抽抽噎噎的啼哭聲，阿肥接下去再說的那些話也聽不見了。

回家的路上，小家慶似乎注意到阿公的異樣，貼心地跟著他沉重而緩慢的步伐，時不時好奇地抬頭望向那張經年風雨，現在又被淚痕鑽蝕過的面龐。淚水沿臉上被農事烙刻的紋理流瀉，若是沒有這些刻痕導去些淚水，自己的表情一定也會和去年上游的堤防那樣，禁不住沖刷而潰堤吧？

鄉公所的位置地勢較高，回家的路上，起初看到的，盡是當初沒被大水湮漫的帶狀區域，兩旁的蓮霧園這時已經如鋪上一層雪花般，盡是一株株封包得密實而纍纍的蓮霧樹。自己的這片園子呢？生活呢？

麻雀的建議和豬公的關切言猶在耳，但那些勸募來救災的民生必需物資，即使還有剩餘，卻不是不知道該向誰申請，就是被推說已經停辦了。還有，幾項杯水車薪的短期補助經費能請的也早都申請盡了；剩下幾項比較需要想清楚的，五萬十萬較大條的補助，都趕在去年年底跟著鄉公所辦事員口中交代得不清不楚的某某年度總預算什麼的一併截止了。

園子該怎麼辦？全面換耕？還是繼續按時澆灌肥料，耐心等待那些死生不明的蓮霧株發芽？已經枯死了的半片還得要籌錢請人鏟去，然後重新落下新的苗株，該是陌生的愛文？還是熟悉的黑珍珠？

半年過去了，即便現在能有些微收成，仍是不足以支付那些已經可預見的災後重建需要的花費，更別提原本還背負的林林總總貸款。想起前年政府大力在鄉里間推行的科學園區建置計畫，心中突然有種莫名的悔恨，好恨自己當初為什麼不乾脆簽下去，今天不就沒這些煩惱了嗎？為什麼就偏偏為了環境保護和樹上那些與自己共同奮鬥了一輩子的結實纍纍的黑珍珠，去抵制那個進步的計畫呢？值得嗎？

小孫子想是剛才聽到他們交談時蓮霧蓮霧說個沒完，加上口也應該渴了，拉著自己的手，直嚷著就想吃蓮霧。

要不，再等等看吧。

臨別贈禮

散落一地的課本、文具、眼鏡碎片、書包上掉了色的校名、才熨好的卡其衣褲、粉碎的腳骨被包覆在彈性棉襪和球鞋裡，以及一張乾淨卻看不清楚表情的臉。

全浸泡在污血和體液裡。

雙眼在路旁水溝裡被尋獲是距離死亡時間四個小時以後。

頂樓護牆旁留有一只塞了十幾本參考書的環保提袋。

終於可以不用去上課了！

父親在鏡頭前哭著對記者細數兒子是多麼懂事、乖巧，從來不用人操心他的成績——假日是他自動自發去圖書館唸書的、晚上補完習回家以後也是自己煮宵夜起來吃的；如果時間允許的話，他總盡可能把握課餘時間教弟妹功課，叮嚀他們的家庭作業或是成績等等。

由於學測成績尚未公佈，友臺記者第一時間想到以他生前最後一次模擬考成績和去年指考成績對照，做了份落點預測，分析出如果他還活著，最有可能考上的前五所大學。這些資料都被仔細製成表格，顯示在畫面的左下角。

記者還找出他高一入學時寫的「我的志願」，穿插在他數量不多的生活照和午間新聞主播甜美的聲線之間：「以下資料是由本臺記者獨家取得，這名於今天清晨自殺的學生在新生入學時，用稚嫩生澀的筆跡寫下的手稿——我希望，三年以後能夠順利考上理想的大學，畢業後能趕快賺錢，減輕爸爸的經濟壓力，如果可以的話，我希望自己在課餘的時間還能替妹妹和弟弟補習，讓他們可以不用為課業煩惱，專心去學能幫助他們升學的才藝……」

短短五分鐘夾在健保黑洞和黑金風波間的黑色新聞。

柔焦處理的墨綠色書包是這則新聞的背景。

他讀的是全國首屈一指的高中，三年級。學測才剛過，即將進入推甄、申請入學和指考的密集衝刺期；每個人都沉浸在他幾乎可以預見的美好未來中，沒有人願意接受他尋短的消息：自從他讀高中以後就鮮少和親戚見面了，所以他們一時之間都不太敢確定新聞裡的他究竟是不是自己的親人；同學們不知道是不是因為受到的打擊太大，紛紛都以得準備補習、模擬考和申請入學的資料，實在沒辦法空出多餘的時間為由，婉拒了記者的訪問；正要前往參加教育部主辦的教改餐會的教務主任在校門口強忍著淚水，花了不到一分鐘的時間代表校方表示哀慟之意後，也匆忙登上公務車離開了。

只剩父親哭喪著臉的畫面，還會在今天的每個整點新聞中播放：

「自從耿豪他媽媽走了以後，我就……，會忙到沒時間陪他，也是為了這個家啊！」

新聞進行的同時，螢幕底下都會淡進劃撥捐款的帳號和戶名，配置在死者父親說話的字幕下方。

七樓有多高？

他的手機在距離自己約三、四公尺外的柏油路上，被用白色粉筆圈起來——沒有車輛輾過的痕跡，些微掉漆，機殼也有點嘛開；從損傷情形看來，應該是在他落地以後才從口袋裡掉出來的。以房仲業的標準而言，這個社區的年份雖然稍嫌老舊，可是比起附近一帶，算是風評頗佳的純住宅型社區了，因此直到警方抵達現場前，所有東西都依然保持著落地後的模樣，靜靜躺在地上。所謂路不拾遺，指的大概就是都市生活發展到極端冷漠時的狀態吧？

張耿豪、十八歲，和我同年。「小本本」裡的基本資料是這麼寫的。

應該唸「小本奔」才對。對，女生都是這樣唸的。

到現在都不敢相信，自己竟然會做出這種事，是出於好奇，還是什麼呢？尤其事情就發生在離家不遠的社區巷子裡，照理說精神上的恐懼應該會更強烈才對。身體墜落時壓縮出的空氣，很可能就在推開家門的瞬間從面前吹過也不一定。

總之非常靠近就是了。

就是因為感覺到一股非常強烈的貼近感才這麼做的吧？

大概是上班時間還沒到的關係，警察也才剛到不久，有的還靠在車子旁慢條斯理喝著杯口冒煙的咖啡，一面嚼著三明治。一旁圍觀的群眾都是社區內平常就早起的居民——穿著制服的國高中生、上班族，還有約好一道上早市的婆婆媽媽們；她們一小撮一小撮聚集在不規則拉起的警戒線上最靠近停車坪的位置，頻頻交換有關這棟大廈的小道消息，直到幾個學生不得已得移動腳步了，她們才連忙壓低音量，把話題轉到別的地方。

隨著蒐證範圍的需要，包紮得非常密實的鑑識科幹員像是逐漸擴散在巷子裡的深黑色斑點，使得原本就呈現灰藍色的都會社區透露出不祥的氣氛。

五分鐘一到，主播立即熟練地變換視角和語氣，播報起黑金風波的最新發展；留下螢幕兩側標題跑馬燈還以他墜落時的速度運轉著：明星高中生命案！警方目前不排除自殺可能。

260路公車上的學生和昨天一樣，面無表情地陸續塞滿車廂後，又再依序排出車外。排出車外時，對司機先生禮貌性的「謝謝」，通常得視前一個下車的人而定，要是隊伍中一旦有人沒有開口，跟在後面的人們就會立即靜默得像是不曾搭乘過一樣，悄然下車；得等到其中又有人開口了，或又沒人開口，這類存在與虛無的辨證都會在車內不停交替發生。

無論如何，刷悠遊卡時斷斷續續發出的機械音絕對是車內唯一不會令人寂寞的背景音樂。

但是外界的機械音實在要比耳機裡的音樂小聲得多了，加上從小就生活在都市裡，對於灰色與藍色、DI與DU這些用色和音頻已經過於熟悉的緣故，會養成這種非得依賴綠色和橘黃色警示燈來辨識自己是否具備通行資格的習慣，也就可以理解了。

最近聽說某些學校已經決定要仿效外面的公司行號，也讓學生改採刷卡上下課的制度了。

站在每天固定站定的車廂左側靠近安全門的位置，招牌連連看沒有因為日子往前推移而有太多改變；站牌上貼著的徵信社廣告裡的美女艷麗依舊，身邊的那隻猴子老是讓我想到《美女與野獸》的故事。紅底黑色的「租」字如燈籠般一路延伸到房仲業再沒有出現的遠方……。

窗外的街景和昨天並沒有不同是因為路線總是相同的緣故。

唯一改變的，是腦中多了那個高中生露在塑料白布外，還看得見熨線的卡其褲和那對細瘦的腳踝。我揉揉眼睛，試著驅趕那件並不屬於我們學校的卡其褲，熨線反而在腦海裡激烈地扭曲變形起來。

「他媽的！嘖！」我低聲啐了一口，不得已把那本差不多比A5再更小一點、精裝、邊角有新鈍掉痕跡的，海綿寶寶主題的小本奔收進書包裡。

手指因為不自覺纏著本奔上的書穗而感覺到痛的時候，指節上泛起了忽深忽淺的黑紫色。

比起被公車爬坡時冒出的濃煙遮蔽掉的風景，車廂裡的畫面要容易辨識多了——幾乎所有人都在聽MP3隨身聽，其中還有人會隨著音樂點拍子；專心一點的話，還能聽見從別人耳機裡傳來的嘈雜節奏；也有一手勾住吊環，另一手熟練地點擊手機螢幕，直到即將到站的電子人聲響起，才不甘心地收起手機這樣子的人。

在MP3的陪伴下，大多數人都像是回到嬰兒床般安穩地微闔雙眼，任憑公車韻律地搖晃他們尚捨不得清醒的身體。

「好像Discovery頻道裡介紹過的，屠宰場輸送帶上掛的牛隻唷！日本酪農養牛的時候都會放音樂給牛聽，讓牠們放鬆，這樣可以產出比較多的牛乳，或是肉質會比較嫩什麼的；我們這些人又能產些什麼呢？要是那個同學現在也在搭公車的話，應該是在背單字或是公式吧？要不然就是在聽英語雜誌內附的教學光碟……，如果他要被電宰，也一定是松阪牛這類比較高級的肉才對……」

以前聽說過某明星女中學生會在上學途中，把單字卡夾在腳踏車龍頭上邊騎邊背的都市傳說。耳邊這時響起Hope Sandoval空靈的嗓音。窗外飄著零落的雨絲，非常細微。今天會看到邊騎車邊背單字的學生嗎？

沒有設計窗口的大片玻璃內外都結上了薄薄的溼氣，在車子忽快忽慢的行進間，玻璃上的雨滴如特殊的濾鏡般將街景還原成一道道不規則流動的筆觸，行人在淺灰色的鏡頭裡只剩下點一般的存在。這個時候，躲在密閉乾燥的車廂裡應該要比待在這時的臺北街頭幸福許多吧？

紅底白字刻著「擊破點」的貼紙貼在窗子的四個角落，旁邊的車樑上掛了把紅色小槌子；是不是拿它來擊破窗子，就能逃離眼前這片起霧的世界？

「我告訴你們啦！就算現在大學錄取率是百分之九十九點九九九九九，你們註定還是那些落榜的零點零零零零一啦！」國文老師終於忍不住對著黑板開砲了。

不知道負責升學班的專任老師和導師到底演練過多少屆了，從高二升高三的暑期輔導開始，無論哪一課堂、進度到哪，這句話都會隨時依照他們當時的心情和課堂間的秩序，沒頭沒尾地放送，唸到九九九和零零零的時候，還會視狀況需要加重語氣、表情和增減重複的次數，似乎是想用這種方式來強調我們與「考上大學」之間正在無限拉遠的距離感似的。

「奇怪唷，」罐頭戳戳我的肩膀，指著英文老師的背影說。

「錄取率不是早就超過百分之一百二十了嗎？為什麼他們還要在那邊靠夭說我們會落榜啊？」旁邊的同學不知道在玩什麼手機遊戲，咯咯咯笑個不停。

「可能是希望我們更努力一點吧？畢竟競爭還是很激烈啊！他們也不想我們考到太爛的學校吧？」我擱下寫到一半的日記回頭說。而且分數考高一點，就可以選自己想讀的科系了，也沒什麼不好……。

「喂！還他們希望咧……」他不屑地甩了甩前額的那搓頭髮。

「你還真以為自己是資優生啊？拜託你認清我們的身分好不好？你讀爛學校讀傻了啊？就算你現在讀的是成績比較好的班級，還不只是爛學校裡的資優班而已？抱歉喔！比流氓的話這間學校就絕對是明星級的啦！」

看到罐頭一副置身其外的樣子，腦中浮現的卻是今天早上經歷的畫面，積壓了三年份的嘔吐感突然像是要爆發一樣，逼得我不得不把身上的每根神經都緊緊地鎖在腹部，寫日記的字跡也跟著越來越潦草。

學測剛過，等待成績的焦慮和到底應不應該全力準備指考的抉擇正逼得我心煩氣躁，一點也沒有心情和力氣去和他爭辯，只下意識掏出那本撿來的本奔，任意翻閱起來——封面上海綿寶寶凹凸不平的笑臉竟然和罐頭的表情有著再滑稽不過的重疊感。

「考進這間學校以後，媽媽就懶得再拿鄰居小孩來和我比了。更不要說在課業上和那些人會有什麼交集了；就算有，也只是在幾次模擬考裡，遇到幾題有在後面特別加上框框，註明是某高中的考題這樣的情形而已。老師們是為了讓我們覺得還能感覺到和那些明星高中的學生活在同一個世界裡，才這麼做的吧？罐頭說的自知之明，應該就是這種拿到考題以後才驚覺到的，完全被學校老師鄙視和放棄，然後從內心深處產生的自我厭惡感吧？」數學老師的移動軌跡在以講臺為X軸座標上左右來回游移，若是眼睛眨也不眨一下的話，就會因為視覺暫留的關係看到好幾個背影。課堂與課堂間的差別，不過是身形與音色上的差異罷了。

「雖然一節考試只有八十分鐘，試卷上的空白部分卻像是正緩慢地從考卷最上面的姓名開始，逐漸滲透、侵蝕三年來的所有記憶。而且就算趴下去睡覺，侵蝕也不會因此停止或是結束，到最後，不論醒著或是睡著，都非得承受那股巨大的空白不可。」

每次遇到這種情形，為了避免侵蝕擴大，又或是為了轉移不斷在心裡壯大的恐慌，我開始用寫日記的方式來和無差別的吞噬對抗。拼了命漫無主題寫下些什麼，然後再一一被試卷還原成空白。

總是會有一部份能保存下的。

這個情形直到校方基於成績單上的數字好看為由出面緩頰，老師們才終於理所當然地也只好出那些比較基礎、簡單的題目了。雖然有點陰謀論……。好吧！我承認他的話的確有幾分正確性。我們是該要有自知之明才對。

英文老師面對黑板，邊寫板書邊漫不經心地唸著：「get used to……，嗯，就是習慣於什麼什麼……」，那麼例句應該是，我們都該習慣自己的身分。

身分……，身分的單字應該用identity好，還是用level呢？

「你們以為在這裡讀個號稱資優班什麼的，就可以保證上大學了？不要肖想了啦！看看你們考的那個什麼鳥成績？說出去不怕給人家笑，尤其是考個八、九十就搖擺得不得了的那幾個，拿你們的考題給建中的學生看還是……，不要說給前三志願啦！連第二十志願的學生看了也會笑我們沒水準啦！問題是，如果出稍微有程度一點的題目，你們會嗎？不要笑死人了，在底下嗆說你們成績很好……」

儘管老師們接力賽般的訓斥多麼冗長密集，對於那些無法擷取這個頻道的學生們來說，充其量是教室裡漂浮著的惱人雜訊而已，最多令他們稍稍皺個眉頭，習慣以後還是能若無其事地繼續玩著手機連線遊戲、聊天和睡覺等等，要不就是做自己的事。那不過是另一種陌生的聲音罷了。

或許能夠在課堂上保持這麼完整切割的兩個世界反而是件幸運的事。我趕緊低頭把這句話寫進日記裡。

算算看，這次的英文考試範圍的確不多，也不挺難的，八十九分，前面有兩個克漏字填不出來，大部分都是錯在文法選擇；中翻英的部份，老樣子，都是錯在動詞變化。現在是十一點三十分整，距離午餐時間還有半小時，看樣子這張考卷是檢討不完了。算了，反正也沒有同學認真在檢討。老師心裡一定也是這麼想吧？

「為什麼我們連這麼一點進度都教不完了，他的書包裡竟然還塞了兩種英文課本？」下定決心要看「本奔」裡的內容，是從想到那兩本英文課本開始的。

本奔的角落有一點破損，內頁也有不少折痕，大概是掉在地上時不小心折到的。內容大部分是讀書進度和作業，是老師規定的，還是自己計畫的呢？也有手繪的月紀事和行事曆，上面按日期註明了同學的生日和各項考試的日期、補習時間表；本奔的右頁則是幾乎每天都寫得密密麻麻的日記。部分日期旁則只剩被整齊撕掉的痕跡。封底有他的名字和基本資料，是怕萬一弄丟了，方便撿到的人能順利歸還用的聯絡資料欄。當然也有他的生日、星座和嗜好什麼的。不過這些現在都沒有意義了。

你還躺在那個停車坪上嗎？為什麼要自殺呢？如果連你都要自殺了，那我還有什麼好活的呢？

「爸爸車子裡的百合花也是這種味道吧？」今天不得已搭計程車去補習班的時候，腦中一直浮現的念頭。

幾年前好不容易熬到課長的位子，卻因為經濟不景氣，加上學歷相較之下不夠高的關係，才做沒多久就被迫領了資遣費，離開工作了十幾年的工廠，然後在同期早幾個月被資遣的同事介紹下，來到現在這家車行靠行跑計程車。

聽他在電話對著朋友抱怨，說以前對頭的單位都是本地工廠，忙著和他們吃檳榔和說喝酒應酬都來不及了，哪有時間好好學英文？那時候就算想學，也不是那麼用得到。現在這破口英文也是在看電影臺時加減聽來的。

工廠開始往大陸移的頭幾年，雖然也來回跑了不少次，累積了不少經驗和人脈，但是當大學生開始滿街都是以後，公司徵人的態度也就變得非要大學畢業以上的程度不可了。哪像自己，這種靠經驗和人際關係取勝的老式課長，雖然程度和苦幹實幹的精神不輸他們，但一比學歷，也只好屁股繃緊等著被淘汰了。到現在他喝醉酒以後，都還會指著家裡的某一面牆批哩啪啦地罵那個當初取代他的大學生，大意是那個人根本就是個膿包之類的。

那為什麼他又要逼我一定得考上好大學不可呢？真令人搞不清楚大人們的想法。

他改跑計程車以後，我就沒再坐過他的車了，所以今天聞到這個百合花的味道才會特別敏感吧？想到他曾經在看電視的時候抱怨過，現在的政府雖然說什麼要大力推動觀光，但是不知道哪根筋不對，施政上卻偏偏大力搞了一堆像是修馬路啦！挖地下管線啦！或是都市更新的計畫，所以關於英文程度的部份，只對朋友炫耀過那一次後，也就沒聽他再提起過什麼外國人了。

「倒是載你們這種制服學生多，不過很奇怪，去的地方都是……什麼練團室啦，還是畫室什麼的……嗯！還有像是資訊中心還是……，唉呀！現在的學生是怎麼搞的啊？要補的東西和我們以前真的差太多了……」這是有一天他難得清醒著回家吃晚餐時說的。我記得那天雨下得特別大。

他可能是看到那些學生都去補這些東西，想問問我或是弟妹想不想也去補，但是想到家裡沒有多餘的錢，就又把話連著飯菜一起扒進去了吧？那些東西……，其實我也搞不清楚到底是怎麼一回事啊！反正我只要專心把書讀好就行了吧？現在連讀書的時間都不夠了，哪有時間……。

突然想起某個高一暑假分班後就再也沒見過的同學對我說過的話。已經不記得他叫什麼名字了。

「喂！張耿豪，怎麼沒聽你說過你爸是開計程車的啊？幹嘛那麼小氣啊？他有做包月的嗎？我媽叫我去找一輛計程車包月跑補習班，剛好你爸是開計程車的，認識的應該會比較安全吧？喂！如果跟你爸包月的話，大家同學一場，能不能算便宜一點啊？」好像是因為那次段考我的名次在他前面，他才故意這麼說的。

當時我是怎麼回答他的？也想不起來了，那天的日記應該有記下來才對。即使已經過了兩年，那個同學的話到現在都還是能非常有力地把我綁在計程車內，逼得我非要盯著爸爸轉動方向盤時的背影不可。他現在正載著客人嗎？

我不想和他一樣。我想多一點時間清醒著。

推甄和申請入學的流程開始後，學校附近的影印店裡陸續就都擠進了表情充滿希望的同學們——因為學校提早停課的關係，不管在穿著打扮或是談吐方面，他們已經都儼然一副已經邁入大學生活的模樣。和衝刺班或是考前總複習班不同，影印店裡的空氣似乎才是真正新鮮、有益健康的；一張張青澀帶著愉悅的神情，彷彿一呼吸到含有碳粒子，喔不！是成分更細緻的彩色粒子，就會有彩色的人生迎面而來的樣子。

他們待在狹小的店內興致勃勃地交換製作心得，比較彼此內容的豐富與否，時而歡笑，時而扼腕的表情，沒有人擔心指考將近的問題，也不會有人問到關於指考準備得如何的問題；至於學測成績這件事，就更沒有人提起了。

我分不清是影印店內不時錯落泛起的綠光令我暈眩，還是同學們側目的敵意令人卻步；唯一可以確定的是，那些彩色粒子在受到綠光的照射後，竟然像是正被他們盈盈不絕地吸收著，不到一眨眼的功夫就全被呼吸光了。而等著迎接我的，則是漫天蓋地幾乎伸手不見五指的深黑粉塵。原本正熱烈討論著的學生們不知怎麼了，在看到我手上拿的東西之後，不是露骨地掩鼻走避，就是連忙丟下：「老闆，那我們過幾天再來拿……」這類的話。留下他們跑回學校趕社團活動時，被夕陽拉長的身影還與影印店的招牌陰影連在一起。

老闆環視一遍突然跑得沒半個人的店內，像是眼前所發生的情形再稀鬆平常不過，推推眼鏡，便繼續整理起手邊還沒整理完的成疊彩色卡點，一下調整彩色影印機的墨匣，一下打電話訂購墨水和紙張。

「是因為我被黑色碳粒子遮住了嗎？」猜想他可能沒注意到門口有人，我便趁空檔估了一下輸出費用。

作品集一共一百一十頁，都是從本奔裡挑選出來的，「類創作」的東西；很難想像，兩年多來的高中生活，竟然將有七分之一的日子被我用「作品」的形式輸出裝釘起來，那不就等於每七天就得要撕去一天嗎？某些我根本畫不出輪廓的讀書進度和補習班課後心得，真的值得被列印出來嗎？還是如果用彩色輸出的話，就能將過去那些黑白的日子填上色彩？

真該感謝自從媽媽去世之後養成的寫本奔的習慣。

「啊？你把這些紙湊一湊就想當成作品集喔？」老闆盯著我手中的資料，用一副看穿我心思的表情說。

「……啊？」

我能想像手裡的作品集逐漸在心中，在老闆輕蔑的視線前崩解粉碎的樣子，就像是告訴我，再怎麼努力製作這些，也不如成績單上幾個數字的跳動，更比不上在車站地下街玻璃自動門前，瘋狂地跳著街舞的那群學生的自製影片吧！

「你看看人家別的學校同學的作品集，最起碼也要有……」老闆說著說著繞到另一臺影印機後面，費勁從一堆東西中抽出厚厚一本冊子。

「最低限度也要有這種水準吧？」

一隻披著瓦楞皮質的巨大怪獸猛然從老闆的手中朝我撲來，張牙武爪地伸著鋒利的賽璐璐內頁，像是要展示牠的善泳與能耐，在我眼前盡情割劃我的自尊。連自認看過不少書的我也不禁為之倒退了好幾步。

「這才叫做作品集嘛！如果你要搞，起碼也得像人家這樣，懂得挑個炒得正紅的詩集作範本嘛！告訴你……，連唸書都唸不贏人了，就不要還肖想搞什麼其他的莫名奇妙的東西來丟人現眼了，唉呀！只要你的成績不如人，搞什麼也沒用啦！」影印店老闆頂著老舊的眼鏡，像是在數落賣火柴的小孩為什麼不趕緊回家努力唸書那樣，沒好氣地從我的手中抽走那份我製作了將近三年的，唯一一根能照亮出自己未來的火柴。

「這是什麼？……日記？你的？你真的打算把這個弄成作品集拿去申請學校？」老闆訝異的聲音和影印機的雜音交響出刺耳的旋律，兩旁輸出迅速的影印機這時好像也遲疑了起來。連它們也不願意輸出我的日記嗎？

「可是我真的沒有多餘的時間和錢來弄作品集啊！三年來都把時間花在唸書上，現在要是花太多時間準備這些資料，總複習的進度更不知道會落後多少了，只是推甄和申請總是個機會，不把握又覺得可惜，如果推甄和申請就能有學校的話，就可以先去打工存學費了……」

「你啊！讀到比較差的高中就應該要認命啦！不要再想說有什麼方便法門啦！啊從頭到尾都專心準備考試就好了啊！其他什麼幾元入學的，都不是為了讓你這款人用的啦！好啦好啦！不說了啦！你哪個學校的？叫什麼名字？」

大概也是罵到有點於心不忍了，老闆沒再多說什麼，只將資料隨手疊在一旁，抽了張廢紙準備抄下我的資料。

「哦，我是〇〇學校的……我叫張耿豪……」

咦？那你怎麼不早說啊？怎麼還浪費時間在這邊等呢？應該趕快回去唸書才對吧？老闆突然大叫了一聲，像是換了個人似的拼了命不停道歉說。

「算了！算了！你在那邊等一下好了，這個啊……五分鐘……五分鐘……，馬上好，……唉呀！你怎麼不早說你是〇中的呢？我跟你們學校的老師可熟得很呢！他們好多講義都是在我這邊印的喔！」現在想起來，如果那個時候我穿制服去的話，應該就可以避免掉這麼尷尬的場面了。

隨著影印機的運作，老闆的道歉聲在耳邊變得越來越模糊，看著從本奔裡撕下來的日子一天一天被送進紙匣，生命中的某些時刻，是不是真的能夠壓印複製成A４大小的資料被別人審核呢？我不知道。

以前是分數，現在是這個，將來他們還要用什麼方式來評價我呢？

三年來的記憶隨著上膜、裝訂，變得越來越不真實了。

小時候，媽媽總是告訴我，要用功讀書，考好成績，讀好學校，要做弟妹的榜樣。可是為什麼正當我努力遵照他們描繪給我的世界前進時，他們卻又能隨時信誓旦旦地，一再否定那個他們原本規劃出來的一切？其他學校同學上課的時候，可以踩鋁箔包干擾老師上課，可以聽手機音樂、打鬧，還可以忙社團、跳街舞、玩樂團，甚至還有時間上綜藝節目；但是只要他們願意，就都能通過各種方式繼續升學，都一定能有大學可以唸。好像也蠻好的，不是嗎？

可是我呢？當初那些對我的人生指指點點，叫我不要浪費時間在讀書以外的事情，不斷叮嚀我努力唸書考好成績才是正確方向的人，現在竟然卻煞有其事，一派輕鬆地用「教育是以不放棄任何想讀書的人為目標」這麼冠冕堂皇的口號，輕易地把我所付出的努力與時間稀釋得一乾二淨？

萬一明天起床，他們今天所規劃的世界又改變了，我又要變成什麼樣子？我還能變成什麼樣子？

不如讓時間停在今天吧！

一直認為，自己一旦成為綜合高中裡的普通科學生後，就註定會和其他純粹的高中生不同，說是高中界的「米克斯」應該也不為過吧！名稱雖然好聽，背地裡誰不知道這其實是一群被一組組嚴格地依照分數，在胸前烙上升學血統不純正的悲哀印記的雜種高中生呢？從不知道幾年前開始，教育部大量地放寬了高中和大學的設立限制後，幾乎就像是朝著他們口口聲聲所標榜的「反對升學主義」背道而馳的路線衝刺那樣，再次確定了以升學和文憑為主的標準路線，然後輕輕鬆鬆扼殺了許多像我這種，只能選擇綜合高中的普通科來做為升學管道的學生。我只想努力唸書考上大學而已，還是米克斯就該認份地待在廢棄的犬舍裡自生自滅才對？那些特殊的才藝和表現是只屬於有血統證明的名犬的專利吶！

慶幸的是，原來純種如你也好不到哪裡去。

我們都是任人用成績擺佈的學生。

當他們說成績不再是評價學生的唯一標準時，我卻是被以成績為由，丟棄在沒有升學管道鋪設過的路面上的孤兒；而你抓緊所有時間唸書，不過就是為了考上一所理想的大學，希望能踩在一條平坦的未來上而已；得到的，卻是不知道哪裡來的聲音頻頻在你的背後怒吼高分和考試並不是唯一，用各種方式一再扭轉你一直以來被教育、所信賴的，努力讀書就會有好的未來的方向感。

或許是因為我落後在離這些聲音太遠的地方，所以他們根本懶得理我吧！

本奔掉在地上發出混濁的碰撞聲，中止了教室裡的一切運作，嘈雜的手機音樂、沉睡中的同學，數學老師終於在這學期裡頭一次轉過身來面對全班了。每個人的表情都僵結如火山爆發的瞬間，每一個動作也都變得易碎，不再安全。而我正在經歷墜落。

在墜落中我彷彿看到未來，也看到未來被一再覆蓋。

我看到無數細小清秀的字與句汩汩地自本奔裡溢散出來，由彩色漸漸轉呈暗紅，而且終於變成黑色且腥的瀝青；我彷彿看到你略呈笑意的臉浮現其中。原本緊抓著本奔的手也逐漸鬆弛。

老師什麼也沒說，只是默默轉身回到另一個世界繼續完成那則冗長而複雜的計算式的同時，也替這個世界停擺的旋轉音樂盒上了發條，使班上的同學們繼續旋轉起各自的人生。反正不管學測的成績如何，指考的成績又如何，教室裡的同學們還是能夠輕鬆活潑的，一個也不少的升上大學，並且高分貝地向其他人拍著胸脯說：「怎樣？我也是大學生了吧！」

只是這些對你來說，都不再代表什麼了。

晚間新聞同樣不多不少花了五分鐘報導你的消息。

請原諒我無法參與你墜落時所看到的風景，還未經允許，從你的小本奔裡撕下了某一天你寫的，關於公車上看到的風景，並將它貼在今天的日記裡。

謝謝你，以及你所看見的風景。

In KTV

眼前的畫面像是一齣枯燥的電視影集，你的腿被擠麻了，雙手因為沒有空間而索性收進口袋。你頻頻注意時間，時間卻被藏阻在漫長的夜裡。菸灰燻濕雙眼，你不確定身邊究竟塞了多少人。

「我去上個廁所！」

明知道沒人會注意，你還是多禮地朝迷濛的黑色空間交代去向。要是突然消失的話，會讓在場的人很傷腦筋的。

和身邊不認識的女生說了句借過後，你離開了陰冷多霧的包廂，外面有人工檸檬香精的微甘酸甜，令喉嚨頓時覺得搔癢難耐。尤其是剛跨進走廊那瞬間，從喉頭深處一路甜上腦門的感覺尤其強烈。你瞇著眼等待眼睛適應刺眼的鹵素光線。吞嚥需要時間。

你告訴自己，這種畏光酸刺感，和晨光並無二致，只需要輕度麻木即可。

你同時打從心裡佩服那些常泡ＫＴＶ的朋友：為什麼他們就能自在地穿梭亮暗之間，甚至駕輕就熟地只在漆黑的邊境逗留，毋需一點光線？是不是被稱作「夜貓子」的人不只習性像貓，就連瞳仁也和貓一樣，能隨意將生活緊縮成一道狹窄的睡眠區間，或是輕鬆地就把道德擴張到臨界吧？

才剛出包廂，你的手就毫無警覺地拉下褲拉鍊，另一手則狼狽地阻擋鹵素燈發射出的炙烈光線，不讓它穿透腦髓。你知道那會使僅存不多的腦漿乾涸。

卻不會令你乾爽。

「幹嘛明明約了那麼多人，還硬要擠一間小包廂啊？上個廁所還要到外面來……」你正想開口罵些什麼時，突然有一個男人從前面某間包廂裡摔了出來。

「死醉鬼……路都走不好……」直覺浮現眼前的字句，你竟就這麼脫口而出了。他的目的地應該也和你相同吧？只不過他像是在水道上左右碰撞，沿途還會發出乒乒乓乓悶哼的浮球，而你是安靜飄浮著罷了！

等到他完全被毛玻璃門遮蓋後，你才好不容易姍姍來到廁所門前，慣性地用手肘有衣服遮蔽的地方，頂到恰好能容納側身進去的寬度，帶著嫌惡的表情蹭身進去。

「誰知道那個人剛剛摸過什麼東西啊？」想是這麼想，眼前的景象卻令你愕然。

一個人也沒有。這種沒有人的感覺，不只是視覺或是聽覺，而比較近乎是生物性直覺。雖然不確定「直覺」現在的酒測值是多少，可是你仍對它充滿信心。

我沒有醉。你心裡篤定地想。

在小心翼翼確認廁所內有安置便斗後，你開始放心利用排洩時的空檔鬼祟地探聽起那個醉鬼的聲息，連尿液衝撞便斗的力道也盡量控制得輕弱些。原本從不如此的。雖然平常總是儘量避免聽到別人嘔吐聲——即使透過看見，或是聽見別人嘔吐來相對證明自己的酒量，是在KTV裡流傳已久的教戰守則。這個時候也顧不得那麼多了。

還是沒有聲音。

「他不會是醉倒了吧？」

感應式芳香劑在你遠離便斗後機械性噴灑了整整三秒。堆滿濕透了的衛生紙的白色大理石洗手槽上有水滴滴落；你將手在褲管兩側抹了幾下後，用臀部頂開毛玻璃門，好能回身面向整間廁所，雖然很在意那個男的到底去了哪裡，但這個想法在一個轉身的時間後就被遺忘了。

你再次目睹一個女人在充斥歌聲的走廊上消失不見了。染成淡紫色的大波浪和菱型紋網襪，前腳才跨出包廂，就跟著跌進如辦公大樓玻璃帷幕般發射材質的鏡子裡。沒有表情，沒有掙扎，甚至來不及發出聲音。你不確定沒有表情是不是因為化妝的關係。

這次你沒再敢多看一眼。雙腿像被旋緊的發條不由自主拼命甩動。奔跑之餘，你後悔不曾認真記過包廂號碼這個壞習慣。但那些數字好像因為害怕會和你一起消失不見一樣，被眼前的景象這麼一嚇，竟倉皇奔回你的腦中。

「203……203……203……」你慌張地自言自語，手指邊僵硬清點，想趕緊回到包廂裡，只用奔跑的餘力分心留在剛才的場景裡。

「他們人咧？」你直覺他們兩個之間一定存在某種關連性。

「不會是因為喝得太醉，體內的酒精濃度太高，揮發掉了吧？」

為什麼會冒出這個荒誕念頭？你一無所悉，只是包廂裡的熱鬧氣氛的確讓人終於能稍微喘口氣，然後才覺得剛剛的想法顯得可笑極了。

「如果剛才那兩個人是揮發掉的，那這裡面的人起碼也該少掉一半吧？」

「……說不定因為包廂是密閉空間的關係，才讓大家都還能保持著完整的形狀吧？」

為了平撫恐慌，你從几上隨便拿起裡面裝了不知道是什麼的杯子，也沒問是誰的，就一口猛灌了下去。

「不要想了！」你試著說服訴味蕾。反正也不會有人發現哪裡不對勁。

嘴裡含著的應該是威士忌，可舌尖卻沒有嗆辣的滋味。杯緣頂著鼻子的時候，只覺得有冰涼的液體沿喉嚨沖刷而下。沒有一點味道。包廂裡原本瀰漫的那些煙味、酒氣、朋友的女朋友的香水味、滷味，和包廂內的陳年異味呢？

全沒了。

你擤了擤鼻子，隨手插起几上僅剩的，乾乾癟癟炸過頭的雞翅的L型肉塊，想用油膩鹹酥的口感激奮味蕾，卻只是徒勞。不用等放進口中才知道它是無味的，或許它不是，因為就連擺在餐盤旁邊的一小碟辣醬，你也再嗅不到它的氣味。肉塊在嘴裡鬆軟沒有咬勁，像在咀嚼成捆新推放在辦公室角落的A４列印紙。舌苔上澀澀刮刮的。

囫圇下嚥後，你疲軟地陷進沙發裡，對身邊的女生稍稍投以尷尬的笑容。

另一個不認識的女生。

你覺得自己真的醉了。怎麼可能小小一間房間裡，每個人、每分每秒都能如此不同。

「他們會不會是因為太羨慕KTV裡的快樂氣氛了，所以才決定自我分解掉，變成這裡的一部分呢？」

原本是想來好好放鬆一下的，上了一天班下來真的是累壞了。你心裡積累了滿腹抱怨，正想來這裡找個人吐吐苦水，談談心事，或是什麼也不說，只專心喝酒唱歌，好好發洩一下就好。偏偏朋友約了朋友，朋友的朋友又約了朋友，像是進到某節開放吸煙與飲食的捷運車廂，窗外的街景一下從市郊又變換回市中心，然後又空降市郊。陌生的臉孔在難以拿捏距離感的車廂內逐漸變得空洞而笑容可掬。這都得拜酒精濃度能提煉高達五十二趴所賜。

包廂裡的風景像是被由一張張因著反覆折射而會出現複數畫面的貼紙所佈置起來那樣，你正漂浮城市的上緣俯視城市。

反正一旦視覺與嗅覺都麻痺了，裡面的一切就會遠比外面美好太多了，不再需要操練那種對客戶專用的音頻，可以大聲說話，大聲吼叫，任何舉動都會跟著變得輕鬆——即使隔得再遠，聊天搭腔也不再是件累人的事。至少每句話說出口之前不再需要先經過大腦。

大腦醉了。小腦睡了。眼皮沉了。

前提是彼此得先認識吧？你警戒著放鬆心情，闔上雙眼，覺得或早或晚，眼睛睜著和閉著，看到的風景似乎都相差無幾。

昏弱的燈光在煙霧繚繞的包廂裡發散，各地集散至此的陌生旅客們熱烈地在車廂內各自進行如嘉年華般的私密慶典，以歡娛的咒語與參差錯落的手勢，沒有光線或低暗光線的膜拜，心照不宣地將惱人的業務、勾心鬥角的人事、以及追趕不完的業績漲幅留在有光照耀的門外，為著躲進光線照不到的空間裡而額手稱慶。人與人之間的隔膜終於宣告跨越。

午夜，你確信你的注意力只有輕度渙散而已。那個大夥兒才剛替他唱完生日快樂歌的壽星。

「嗯？麥克風尖端的網狀球體上怎麼插了一雙小腿？Miss Sofi的皮鞋？嗯？不見了？她人呢？」看到眼前的景象，你覺得身體正劇烈顫抖著。

不會是被麥克風吸進去了吧？小腿有點贅肉。你反覆確認這你常控的位。

金屬質地的麥克風摔落地面時，有如列車緊急煞車，乘客們一個個摔得東倒西歪。包廂咧嘴笑開了一格方形的缺口，透進光，光裡有風景流動，配合冷氣風扇與伴唱帶的樂音輔助人們確認時間仍然運行。裡面的景致感覺像是你曾經暗自和自己約定要去的地方。地中海岸的某港市。有海鷗排佇在併靠碼頭的白色小遊艇的桅桿上。

在黑暗中如果不持續發出點聲音，是無法確認彼此位置的。記憶中這是許久的應允了。海鷗率大家之先發出乾嘔，然後大家便有默契地開始用狂笑、咳嗽和杯瓶碰撞聲來標誌彼此的位置，唯獨你，趁這整晚難得的停頓，俯身去尋找遺留在麥克風旁的壽星的蹤跡。

「成串手機吊飾的手機、一包菸、化妝包上沾了少許肉末、肉末裡泛著薄薄一層奶白晶瑩的脂肪……沒了。」

那包菸被朋友的那個誰撿走了。

有一個你不認識的朋友多問了一句：「這首歌有誰會唱？沒人唱我把它咔掉了喔？」沒有半個人搭理他。

你原想舉手，想在歌曲進行到副歌之前隨便發出什麼聲音都好，卻什麼聲音也沒能發出來。一定是包廂裡的雜訊太亂，或是自己的聲音太小了。你明確意識到這樣無聲的狀態，就像是感官正一點一點被上鎖，打卡鐘在卡片上烙下起迄，對身體絕對的禁斷。你是知道的。待在黑暗裡應該是最能清楚地感受到體內微乎其微的變化才對。

現在，你連加入身邊那個正玩得不亦樂乎的小團體的意願和能力也喪失殆盡。

「該不會是那個香精氣味，加上剛才亂吃亂喝了一堆分不清味道的東西，才變成現在這樣吧？」

你隨便找了點藉口搪塞狐疑，同時又看到一個總算見過比較多次面，勉強喊得出綽號的朋友，才沒撿起麥克風多久，連歌詞都沒來得及唱半句，在前奏還進行不到一半就硬硬生生被吸了進去。不見了。

這次你非常確定。那是除了「咻咻咻」之外，再也找不到任何辭彙可以形容的速度感，只剩麥克風吸力未盡地在原地顫動，你卻在這時，萬般不該地對這諸多發生在包廂裡的景緻感到好奇。像是因為在很短的時間內遇到太多光怪陸離的事情之後，心態上反而無敵了的感覺。

「好快啊！怎麼能那麼快呢？」突然期待起下一個拿麥克風的人。最好是平常在辦公室裡相處得不甚愉快的那幾個。

有個你根本不認識的女生，粗魯地擋在你與麥克風之間，親暱地拉起你的手大罵。

「喂！你幹嘛一個躲在這邊耍癡呆啊？來這邊就是要來玩，要來開心的啊！快！我們來玩飯桶開飯啦！快！一起來玩啦！」

這是變相的自我鍛鍊機制嗎?!

處在視力極度受考驗的包廂裡，所有人非旦要划拳，還得划這種既要求眼力、聽力、尤其講究反應的拳路。唯有通過不斷在晚上試煉這三重感官，才能強化在白晝的生存能力。你好像稍微能了解一些在夜間活動的訣竅和目的了。這就和選手在雙腳綁上鉛塊的原理相同——利用酒精來遲緩反應，一切都是為了訓練自己，能在清醒的時候反應更快；置身在嘈雜漆黑的環境，是為了鍛鍊出日間能在職場上順利發揮敏銳的聽力與觀察力。你終於明白，原來在KTV唱歌是一件如此神聖的事，絕不只是單純唱歌而已。

「有沒有搞錯啊？飯桶開飯都不會？」這個你素未謀面的女生對你的寡聞嗤之以鼻。

「我沒辦法出聲，怎麼跟妳玩？」你只能啞然陪笑。一個拳路在失去像是「喝」、「哈」之類的音效後，也就不再完整。失去聲音，罩門盡露，就等於失去來這裡的意義了。不。你直覺並不只是這麼回事。

所有人爭相模仿夏蟬不歇地發出聲音，共鳴著無和絃的音頻，交頭接耳，然後結蛹，蛻殼。你的思緒打結，回想起原本是要來放鬆的。

「你到底想怎樣啊？喂！這是誰帶來的朋友啊？超無聊，好乾燥喔他……」連話都懶得說完，她就不耐煩地抄了桌上一杯不知道擺了多久的塑膠冷飲杯，掉頭隱身進霧裡。

你獨自花了半分鐘時間回溯和她的無緣分。

「她應該是我朋友的朋友……，我也是我朋友的朋友，如果我朋友是……，那我和她的關係就是……」

你突然對這看似簡單的人際關係感到納悶，因為你甚至連她的名字都還來不及知道。起碼個綽號什麼的吧？

「如果我能發出聲音的話，我會跟妳們一起玩的，還會問妳的名字、會唱歌……算了，我想我應該不會去碰麥克風了……」你盯著桌上凌亂的杯堆，那個她抽走的杯子，裡面裝盛的是什麼？混了多少液體？

「如果要玩的話，可以改成喝軟性飲料嗎？我不能再喝了。而且，如果我划贏了，那就是妳得喝酒，可是我不想妳喝醉，妳長得很好看，我不想妳出糗。可是如果我划輸了，就變成我得喝酒，我不喜歡喝醉，更不喜歡妳看到我喝醉以後的樣子，那會使我討厭妳。」

雖然離開這個包廂以後，你們要再見面的機會是低了點。

「這樣也好……」

桌面杯盤狼藉，你替自己斟上半杯飲料，聞起來有濃濃的奶茶香，表面有不知道從哪裡濺進去的暗紅油絲迴旋。

「剛進包廂的時候不是點了一大堆吃的嗎？桌上的這幾樣早就被吃光了，其他的呢？怎麼拖了那麼久還沒送來呢？」你才剛這麼想，立即有股熱流自背脊底端竄上後腦杓。你連忙轉頭。一個ㄈ字型的光格正被逐漸填滿成完整的光格，光裡有人型剪影漸漸完整。門被推開。

「嘿！我們一開始點的那些吃的，很多都沒來耶！你們廚房在搞什麼東西啊？」飢餓誘發出的鼓譟聲從各個角落響起。是服務生。你揉揉眼睛，花了點時間重新適應光線。已經被剝奪了許多知覺的你，覺得焦距被鎖死，聽力被放逐，覺得世界正在萎縮，自己正在膨脹。離其他人更遠了。

「到底他們被剝奪了什麼？喪失了多少東西呢？為什麼還能在多霧的包廂裡如此輕鬆自在地活動？」你想不出所以然。

「那⋯⋯除了你們之前點的東西⋯⋯還需要加點什麼嗎？」服務生邊收拾桌面上凌亂的杯盤，一面抬頭掃視在場的每一張表情。朦朧之中有清晰有力的雙眼與你四目交接。

「酒！」

「酒！」

「酒！」幾個人不約而同朝有光處大聲吼叫，和音響交互震盪出迴音，複數模糊不清地敲扣腦門和聽覺，然後是貼有廉價巴洛克式壁貼的包廂內壁。

「酒！」你的嘴型也跟著開闔。你明知道你不愛喝的。

利用服務生的背影離開ㄈ字光格時的空檔，總算有機會能看清楚包廂內的情形了。

「咦？人怎麼變得那麼少啊？」空曠程度卻令你納悶。

「不只少那兩個啊！⋯⋯」你正想得出神，突然有身影自眼前閃過。

「誰啊？」

視覺緩慢地對上焦，將驚嚇傳送到腦中，再輸出到發聲器官，等待被酒精閉鎖。無聲的你的嘴巴在他面前像是百貨公司的自動門一樣靜靜開闔。他沒有走近，只一臉若無其事，用輪廓深得如隕石般的笑容，鋒利地穿透雲霧與光影，墜擊你無法出聲的窘迫。

是才離開的那個服務生。這次手上多了兩個餐盤。

「先生！不好意思，我一直都在，根本沒離開過喔！只是你們沒有注意到而已……」雕像開口說話的時候，兩片嘴唇輕快動了幾下。

「難道都沒半個人發現你嗎？」你正對自己的反應進入半衰期感到沮喪之際，他同時優雅地把拖盤降在你面前的桌上。

「這是你們之前點的拼盤，還有水餃、排骨飯、滷筋腱、燒賣、大腸頭……因為是現做的關係，所以可能會稍微耽誤一下時間，非常抱歉……」

你沒有心情聽他朗聲複誦那些你既聞不到也吃不出味道的餐點，用力揮手阻止他唸下去。

「好了啦！不用排了啦！都放著就行了！反正一下子就會被吃完了嘛！」另一個同樣注意到服務生的朋友的朋友，也急著揮手要他出去，大概是因為他妨礙了看MV的興致了吧？其餘正玩得熱烈的朋友聽見門邊這聲嚷嚷，都紛紛停下手邊的遊戲，興奮地轉頭湊入這場咆嘯。

「你這樣擋住字幕，我們怎麼唱歌啊？」

「對呀！這樣叫人家怎麼唱啊？」

「不好意思！不好意思！那……待會再幫您送來您加點的下水湯和奶茶……」儘管包廂內的催促聲此起彼落，服務生仍慢條斯理地說。

「那……你們的奶茶要冰的還是熱的呢？」

「冰的……熱的……冰的！」一個眼睛直直地盯著點歌螢幕的女生頭也不抬地隨口說道。

「好！」服務生簡短地對著那個女孩點頭示意。

然後，ㄈ字型光格、人型剪影、連同點歌女孩，就在光束消失時，全跟著沒入黑暗多霧的邊際裡。

因為大家忙著回頭嬉戲的緣故，沒人注意到。

點歌女孩和之前那個男生一樣，都是被從頭部開始被吸收的，在過程中，也都有多餘的渣滓被篩濾出來，散落在他們最後出現的地方。你顫抖著視線清點在點歌系統的鍵盤上撿到一片假睫毛。另一片沒有找到。螢幕上有局部血漬，上面沾滿亮粉。

包廂內燻濕燠熱的感覺持續。在期待夜唱趕快結束前這段失去知覺的時間裡，你為了提振低迷的食慾，為了減輕不安，再度對身邊的陌生辣妹示意通過，決定起身去把冷氣設定的溫度調到最低。記不清楚這是今晚第幾次通過了，和公路收費員錯身而過的感覺雷同，不同的「她」的雙腿微微向內縮，小腿褲管與網襪摩擦的部份，只是純粹的機率問題。

大螢幕裡現在正下著傾盆大雨，你途經，卻沒有被洗淨的感覺。不知道什麼時候，麥克風又出現在別人手中。那個人的聲音同樣充滿水份。你比較想聽些可以讓人乾爽的歌曲，可是又擔心有人因此下落不明。你低頭注意時間，時間仍舊迷藏著分秒的步伐。

你終於又把自己塞回沙發間擁擠侷促的縫隙裡，在廣褒的暗夜裡專注地搜索音源，試著確認生還者，確認有沒有人也察覺到包廂內發生的事。只是除了眼前幾個坐得較近的朋友還在忘我地划拳，再遠幾步的你也看不見了。

在多霧和酒精濃度過高的夜裡，即使人們全擠在封閉狹小的包廂裡，彼此之間的距離也是無法輕易就能產生交集與被丈量。

視線進度落後地掃視，旋律已近尾聲。雨中持著麥克風低鳴的旅人拉動衣領，露出扭曲的表情。你知道那是另一個人。

你既慶幸雨季將停，又帶點無法確認接二連三唱歌的人是生是死的遺憾，逐步攝取足以幫助身體排泄掉業績壓力的酒精量。你感到身體好像也這麼希望。

我確定，曾看到男女在沙灘上奔跑；有人把手機丟出車外；情侶在街上相擁而泣；幾個人在樓頂旋轉，蓮蓬頭沖刷著身體……。

我還看見鏡子在地上碎裂成千萬隻眼；眼睛被矇上；有人走進黑色，有人選擇藍色。我沒看見我自己。

這是我最後記得的。

有人匆忙經過。

「喂！喂！他醒了耶！」你彷彿聽見其中一個聲音這麼喊叫，然後有人靠近。

「怎麼可能？」

「真的啦！不信你看……」你吃力地撐著沉重的眼皮，只看見兩個晃動的影子。

「這裡是哪裡？」身體動彈不得，只有飽含尼古丁和乙醇的聲帶間歇拉扯出極其微弱的詞句。

「咦？真的耶！要跟經理報告一下嗎？」離自己比較近的，是個身材嬌小的女僕裝扮的男性服務生。躺著的你的視線正好平行落在她腰際的花邊白圍襯裙上。

「不用啦！等一下董事長就要來巡視了！你找時間暗示經理好了……」較遠的聲音有些慌張。

「……今天是首批耶，……已經算是正式運作了，……懂嗎？」

「嗯？他好像在喝什麼東西？我也好想喝點什麼……」口乾舌燥的你試著扭動身體，這副使用多年的軀體仍紋風不動牢牢躺著。

「喂！你們趕快把剩下的處理掉，董事長等一下就要來視察了，不要丟這家旗艦店的臉啊！」

「嗯？是那個來我們包廂的服務生的聲音？」

「就跟你說吧！快吃吧你！」

「你說他們浪費不浪費？這個又不難吃……怎麼會剩那麼多啊？」其中一個服務生口齒含混地說。

你瞥見一群服務生正邊走邊吃著輪班空檔的點心，嘻笑地從身邊經過。

是一支鳳爪，尖端帶點粉紅色反光。你從模糊的輪廓判斷出來。鳳爪也行，起碼有水分。你的舌尖使勁舐過唇沿。饑和渴令你覺得身體變得異常累贅，殘缺的知覺仍力圖表現出應有的敏銳。有刺冷的空氣劃過，汗濕了的襯衫衣領貼附在後頸讓你覺得彆扭。

「喂！也給我喝一口啦……喂！他在偷看我耶！你們都人沒注意到喔？」突然有人尖叫。

你終於確定那個「他」指的是你自己。

「對耶！你看他的眼睛……算了啦！他現在也不能怎麼樣啊！……唰！拿去……」

你嗅到杯裏飄出的似曾相識的香水氣味，不小心濺在鼻尖的液體飄浮著粉紅色和紫色兩種亮粉。

你忘記早在包廂裡的時候就已經什麼都聞不到了。這可能是陌生女子們輪流殘留在鼻腔內，或是交融在記憶裡的味道吧？

「董事長……麻煩這邊請……」服務生的聲音挾著皮鞋摩擦地面的切音靠近。你側過眼，那些所謂的朋友，一個個正整齊地躺在等距間隔的白鐵流理檯上。雖然根本稱不上真正認識，卻因為躺著的人裡有你曾經看過的，也就稍微放心了。孤獨的相對詞彙是什麼？你腦中第一個出現的是熱鬧。

你鬆了口氣。將注意力集中在他們的對話上。

「來！說說看，你打算怎麼做？」這個略顯沙啞的聲音應該就是董事長了。

「嗯……首先是他們當日的消費全免……」

「嗯！應該的……那你們的評選標準呢？」

「是這樣子的……，評選標準方面，我們主要是依據幾個數據，分別是包廂內的能見度、噪音分貝數、空氣品質和互動指數，最後是K歌指數。……」

「最後兩項是什麼？」

「報告董事長！這個互動指數，是以顧客來本店消費的時候，包廂內的團體互動程度來做標準的，」

「尤其是在夜唱時段，如果沒有妥善分配玩遊戲和唱歌的人數和時數，造成唱歌或是玩遊戲的人數比例失衡、場面冷清，或是使參加夜唱的人失去參與感與興奮感，那麼監看電腦就會自動對該包廂做出扣點的動作，互動指數就會下降……。」

「這是什麼鬼東西啊？」你皺著眉頭摸不著頭緒。

「嗯！計算的方法很合理，……那K歌指數呢？」

「嗯……是這樣子，本分店引進的這套國外剛研發出的「切催歌記錄系統」，主要是能針對切歌過多或是催歌過猛的包廂，以違反歌唱完整度和剝奪人身唱歌權予以扣點處分。之所以會加上這個外掛系統，主要還是為了防止因為切催歌過度這類人為的過當操作，造成公司硬體損耗啦！其次才是將重點擺在重新建立、教育顧客基本的K歌精神……。所以，總的來說，只要顧客使用本公司包廂的時候，輕忽K歌質感到了一定的程度時，就會被電腦依據各項指數扣點，作為評選積分的重要指標。當然，這套系統也會根據表現優異的包廂給予增點鼓勵，在顧客買單的時候按比例提供折扣優惠，這樣就顯得公平多了……。」

「就是……有點類似那種歌唱大賽的評審囉？」你覺得越動腦筋，暈眩的程度就越加嚴重。

「那麼……今天首次選出來的包廂，是本店這幾個星期試運轉下來，五項指數都排名倒數第一的包廂。但是……話說回來，他們也很奇怪，只是想有個背景音樂的話，約朋友回家放音樂開轟趴不就好？何必要花一個晚上那麼多錢跑來這裡呢？還有，那些不會唱又喜歡聽的歌，為什麼不先在家裡練好再來呢？更糟糕的是，還有人點了歌不唱，拿著麥克風亂唱一通，或是根本整晚都沒唱過歌等等這類對本店造成莫大污辱的行為，我只不過監看了半個晚上而已，你看……。」從你躺著的角度看不到服務生做了什麼，但是卻可以清楚聽見董事長發出罕見失態的驚呼聲。

「這……真是辛苦你了……」

「不過，對於這些人為操作的瑕疵，電腦系統都會留下紀錄，只是他們很難得的是，情況竟然可以嚴重到才頭一天，就讓本店動用了特殊條款，沒等到結束就開始處理他們了……，我覺得啊！照今天這個情形看來，以後應該會用得更頻繁才對。比起對本公司節省成本方面的貢獻，這點犧牲算是很值得了。」

「……所以……我在包廂裡看到的……都是真的？」你聽見加重語氣的處理兩字，聽見牙齒開始成排地掙扎著想離開身體，發出急促慌亂的錯動聲。沒人回答你的困惑。

「嗯！很好，很好，帶我去看看各間包廂的情形吧！」董事長的聲音聽起來異常興奮。

「那個誰……你帶董事長去參觀環境吧！我留下來處理東西，隨後就跟上……」服務生的聲音邊說邊向你靠近。你在體內打了一個哆嗦。

之前啃鳳爪的服務生隨手把一包看樣子是裝滷味的袋子往你的臉旁一放，急忙跑遠了。

「你都聽到了……」還來不及確認袋子內的內容物，像冰一樣的聲音已鑿穿你的耳膜，凍結了你惴惴不安的心結。你不確定他到底是不是在對自己說話。

「我知道你聽得見，其他人我就不知道了……呵呵……」服務生保持與稍早一貫有禮的，有點距離感的，有所保留的音調。

他的穿著和剛才不一樣，戴起了一副金絲邊眼鏡，換上如廚師般白色的內場工作服，胸口也別上了不同於之前的一塊鍍金光澤的職務牌：店經理。他笑嘻嘻地彎腰貼近你，就像是刻意讓你看清楚他，等你開口問些什麼。

「我在哪裡？」

「你在哪裡啊……這個問題，也不是非常難解釋，只是不好開口而已……」

他邊說，邊從你身邊移開一條肉條，放在隔壁檯子上，然後小心翼翼地坐在你眼前，像是在閃避些什麼。

「那是什麼？……」你決定問一些比較有真實感的問題。

「其他人咧？他們應該還在包廂裡等我……」

你沒有印象。外面應該正下著傾盆大雨。

「你可以左右看一下啊，你說的那些朋友，就散落在你旁邊啊，一樣也不少喔！只是……可能不太完整就是了……。」你不知道他為什麼能知道你在想什麼，更不知道這整夜發生什麼，只覺得最後那句拔高音的「不太完整喔」，非常令人毛骨悚然。

「該怎麼說呢？本店從即日起，每天都會從當天消費的眾多包廂裡，透過電腦選出幾間包廂，當然到時候會設定需求人數啦！當作公司供餐原料的來源……」他順手喝了一口擺在你臉邊的飲料，抿了抿唇後繼續說道。

一些亮粉殘留在他的唇邊。這次你看得非常清楚。

「那……，很高興你們能從今天夜唱時段裡的幾十間包廂中脫穎而出，成為本公司明天……喔不！應該加個首，……成為本公司餐點的首批供應來源。所以啦！關於剛剛說到付帳的事情，公司方面，謝謝都來不及了，怎麼還會跟你們收費呢？而且說真的，你們現在這樣，也沒辦法買單啦……」他的笑意像是一條長長的切口，把你混濁的意識硬生生割開，你看見一灘灘身體裡的血與骨噴濺，看見臟器被依序取出。

你仍舊懷疑眼前所經歷的一切。那些傷口帶來的疼痛與無血腥味的腎與肺。

你的下顎不知道什麼時候被染濕了，感覺浸泡在尿裡，那是在酒後特別熟悉的氣味與溫度。難怪他乍然跳了開來。不過你並不確定。

你覺得自己正被浸泡，被醃漬在闇夜扁平流行歌旋律迴旋的醬缸裡。等待一朵荷花的開謝。荷花還來不及長出嫩芽就被迫枯萎的原因是因為這次有人設定禁止唱八〇年代金曲這件你覺得頗不合理的禁令造成的。

「哎呀！這也是沒辦法的事啊！現在經濟那麼不景氣，基於管銷成本等等經費考量，總公司又要各家分店發想業績成長的計畫，……我們分店才會想出這個「消費者的餐點從消費者拿」的概念。還大費周章請外國設計師設計你剛剛聽到的那些，透過包廂內建的監看電腦做紀錄來篩選的設備啊！我覺得算是設計得很公平了……」他一口氣說完後，表情無辜的像個小女孩般玩弄起手指頭來。你瞪大著眼睛看著他出乎意料的舉動，頭腦不自覺的隨著被玩弄的指頭旋轉。

「不然你以為董事長他來幹嘛？」

你看到他正在你眼前玩弄著的，不只是幾根手指，而是一整支被完整拆卸下來的手臂，一支應該屬於某個人的手臂。或許是習慣拿麥克風的那隻手。手肘轉折處的傷疤讓你想起某次雨天為了趕著與客戶見面而跌得皮開肉綻的摔車記憶。

「我們每天都會依據那些項標準，選出店內的供貨包廂。你看看，你們的數據……還真是當之無愧啊！那當然就由你們開始啦！反正現在只是試營運期間，準備的數量還不用太多……」尖銳的字句割劃開你的皮骨，他的說話聲混雜了自你體內濺溢出來的血的尾音而漸漸不清楚。浸潤尿液的褲管吸附大腿，濕濕熱熱的，逐漸向上擴散到整件上衣，你隱約覺得那應該就是尿騷味。這一切都是夢，你說，會有人叫醒你，會和上一次一樣，腦殼昏沉欲睡地離開KTV。

「所以點歌螢幕會……」可是你還不想放棄。

「沒錯！……還有麥克風也是……」店經理滿意地點頭微笑。

「還有走廊上……」

「喔！你有看到吶？走廊那個，只是利用光線折射做出的空間位移罷了！因為公司剛好接到燒酒口味的餐點訂單，想說需要多一點用酒精醃製的肉品，所以就順便把那個人給處理掉了；反正他好像也離你們包廂蠻的近嘛！大概就是因為這樣，才會不小心被你看到吧？」

「啊！對了，後來送去的那些餐點，就是用你朋友做的喲！還讓你們搶先試吃耶！怎樣？口感如何？我們廚房的手藝還不錯吧？聽說你們吃的不多耶……真是的！有那麼難吃嗎？喂！去把那些先吊起來，這樣等一下師傅要弄的時候比較方便……」他邊說邊指揮其他服務生，一面從你面前的袋子裡摳出一隻鳳爪，喜孜孜地啃著。

是幾支尖端帶點粉紅色塗劑指甲的手指。

「喲！你想，只有這麼短的時間還能滷得那麼透……不簡單耶！可惜了公司考慮未來要轉型成中央工廠統一發配……」

「……你不要這樣看我……，是真的嘛！老實說，公司改成這麼運作，經營上軌道以後就會實惠很多了啊！你想！你們既是消費者，還能是生產者，很划算耶！怎麼說也算是個有機循環啊！」他邊說，邊口沫橫飛地揮舞那副快被啃個精光的手掌。你清楚看到掌骨，殘缺的掌紋。

過於超現實的場景把知覺麻木的你連皮帶骨惡狠狠地剝開，像是非逼得你將這整件事牢牢烙進腦裡不可。你漂浮在血與尿中，曾咀嚼啃咬過朋友的血肉的牙縫裡有分不出鹹淡的筋腱和粉腸皮屑；你彷彿目睹朋友被製作成菜餚，調製成點心的過程；你甚至開始懷疑，之所以能如數家珍背出那些菜名。全都只因你曾吃過。

你看見有牛仔褲的纖維釘卡在麥克風的收音金屬網上；一百二十吋液晶螢幕的邊框右下角留有稀疏的髮根和一只耳環。

「你放心啦！公司對於肉類原物料，保證全程都是無痛處理，無菌製作的，絕對新鮮，甚至連口味，也都是請專業的營養師和美食家把關，不但消費者可以吃得安心，要說能品嘗出各道菜式的手藝和巧思，也視決對沒問題的事！不過……我想你現在應該沒什麼食慾啦！」

「呵呵！我都忘了……」說著說著，他彎下腰，把玩弄了許久的手臂，仔細地往你身體的右側靠攏。你瞥見他的身後，如燒臘店的門面般用S型鉤環吊掛著成排粗細不一的臂膀。

你失卻力氣，歪著頭任酸熱刺鼻的嘔吐物自口中溢出，混雜著尿沾附在脖子的縐摺裡。

「那為什麼我沒事？」你勉強支撐著就快失去的意識這麼想。

「為什麼我還活著？」

在場的所有服務生像是終於等到這一刻來臨似的，毫不掩飾地放聲笑了開來，連店經理的影子也劇烈地上下喘動。

「你只是還醒著而已……」

他說完，便笑著轉身離開廚房，留下服務生們忙碌地穿梭在廚房到前場間狹小的甬道裡。偶爾他們經過身邊，會吹捲起一陣清晨才有的涼風，風裡夾雜烤香腸燒炙的香氣，你依稀看到一副副咽喉如蒜般成串勾掛在門沿，輕輕地，輕輕地隨風搖曳。

你只是還醒著。

你揉了揉眼，建築物在灰色調的城市裡顯得突兀，微涼的風夾帶清晨隨露附著的粉塵迎面吹撫，洗淨挾藏在身體縫隙中的噪音和菸味酒味。街上的早餐店已經開始營業了。幾個朋友的頭顱在身邊有韻律地隨成群麻雀的嘰喳搖晃，沒有人開口說話。有幾輛亮著空車燈的計程車迎面駛過，你沒敢舉起手臂。有捷運列車自眼角曳光穿梭而過，有震動和光影掠過。你低頭看著腳底的紅磚人行道，也是灰階的。腳底還有淺白色的手寫體字串漂浮，在捷運最後一節車廂沒入建築之後，你莫名奇妙挨了陌生女子一巴掌，然字串逐漸隨節拍被顏色填滿，導演是個陌生的名字、有芭樂歌名、不甚有名氣的女歌手。應該是個地下樂團。你的眼前只剩單色，和在晨光裡顯得格外暗淡的ＫＴＶ招牌相互輝映成片尾雜訊。

你不知道懷裡何時摟了一個陌生女生，這或許是挨了一巴掌的主因。街角又有一個陌生女子衝向你，她不顧你身邊女子的表情如何，抱著你就嚎啕大哭得不成人形。公車駛離站牌後，路邊卻只剩你一和站牌兩個影子。你懷疑也許一直都只有獨自一人。

你抬頭望向天際和建築稜線灰白色的接縫，深呼吸，告訴自己一天又將從這裡開始。喉嚨裡不自覺地哼唱起，不知何時烙進聲帶的歌曲片段。

白河好日

冷冬過後，春雨還來不及大步邁開，早夏就來了。

孩子們在積得厚厚的沙洲上，以石塊堆築城堡、畫沙許下經年的願望。圍繞著怪手、山貓、豬哥車追逐的身影，女孩們秩序地自等身高的履帶一躍而下，男孩們則輪流坐進駕駛艙推拉那數不清功能的控制桿。無論怎麼玩耍，這些泊在堤岸內緣的機具仍是笨重地動也不動，自他們的哥哥姐姐們帶他們來到這裡起，就未曾真正挪移過半步。鞋紋縫底夾帶的不知名的小白花，在各家的農地裡早已成遍地展開不知多少寒暑，又被鏟除了多少回，這期間沙洲仍然每年等速增高，圍牆因此逐年降低。

他們的兄長或是姐姐們，在甫畢業後，大抵是趁著待業的空閒時間，才回到自家農地裡，毫無心思地加減做著單純毋須動腦的犁田、除草等雜務。

「某某科學園區開始招商了！」

「這次是生技科學園區！」

「科學園區又要在哪裡開設了!!」

懸掛在鋼板搭建起來的圍籬上的巨幅彩色宣傳海報，因為長年日曬風吹，只剩下一些字跡還稍微清楚地能夠被孩子辨識，像是「生物」、「綠化」等等，餘下再過於科幻而艱澀的辭彙，如失業率、廢耕、淺碟化等等的內容，因為比網路遊戲裡的打怪邏輯更難揣摩，終於自他們腦海裡遺落。

有時他們會想像自己登陸月球，有時他們則成群探索蠻荒的邊境，那些斑駁的機具觸手、龜裂的塑膠座椅、外露的座艙與鏽蝕的機身，任他們輪流幻想操駕著所有可能在網路遊戲中搭乘的載具。他們急著航向無邊的世界、爭逐資源、佔領礦產，多多少少發生的爭執與摩擦，遠不及他們想像力所擘畫的龐大利益。反正沒有人能夠真正得到什麼。

「噓！不能說出去喔！這是我們之間的祕密……」

廣褒的沙洲所層層承載了一代又一代共享的幼稚紀事，洩露在靠近圍牆邊的硬實泥土地均勻而細密的漸層紋理中。「噓！我告訴你一個祕密喔！」孩子們對著其他孩子們說。

然後，一年過去了，N年也都過去了，孩子們總訝異於機具外殼上的塗裝變色了，從橘色變成黃色、再從黃色變成青色；或者，他們會隨著年級的增長，發現「（株）式會社」前的名銜其實也有更替的時候。在某一夜，集體以潛遁的姿態，沿著圍牆旁的土堆坡道，魚貫而整齊地向牆外撤退，然後換上新一批無論外型和烤漆都相差無幾的大型機具。只是停泊的方向與間距，甚或是機具形態的不同而已。

給予他們一次又一次築夢的勇氣。這次真的可能成真了！

偶爾，極少極少數幾年裡，會有一整個世代與探險、摸索無緣的經驗。高年級的他們會以高亢的音頻，訴說著當年所經歷的種種磨難，低年級的他們此時的空白與無緣參與，則反應在滯留網咖的時數增加的情形上。大體來說，他們的父母們做的事總是一成不變，即使這些年來集體豐收，仍然會有其他的事情令人困擾。兄長與姐姐們亦然。從這個園區到那個園區，從某科到某科。對於仍是孩子的他們來說，似乎只是風向上的改變。而他們所站的位置，恰好被包圍在來自每個方向所構築起的重重圍籬之外。

部份垂有「生物」等字的破舊海報連同鏽腐的圍籬拆除後，取而代之的是沒有盡頭的馬路與巨幅連綿的泥水建築。其他的部份仍舊工期未明。這是代代相識的默契。因此，他們早習慣了在課後翻至牆的另一頭，不用爭取便能擁有的天空、無邊際的沙洲，將它們如數家珍似地收納進稚嫩卻又顯得過於早熟的想像之中。在星海爭霸與魔獸世界並存的國度裡，享有競逐領地與操駕載具的快感，螢幕裡的世界得以一一再現。地形的起伏則視當年的雨期長短而定。

晚餐時間，依例父母討論起一季的天候與收成、兄姐討論廠裡的工時與模具，而他們的功課不是遺留在學校，就是尚存放在老師的叮嚀中。有時哥哥晚歸、有時哥哥早歸，有時哥哥不歸，因此在他們的尚在發育的記憶之中，哥哥姐姐們的身影總無法連貫成完整的畫面。父兄常常因為一些他們聽不明白的事情鬧得連一頓晚飯的時間也不得安寧。由於知道眼前發生的一切自己將來遲早也會遇到，所以他們見怪不怪地，只低頭思考著明天究竟要搭哪一艘載具逃離這裡。

梅雨是他們最不喜愛的。圍牆裡時而迴盪起令人不快的警報聲，令人莫名興奮卻又無計可施。他們哪兒也去不了。圍牆裡的一切變得不再真實。彷彿因為雨季，連年歲也泡了水般，讓他們離兄姐們的世界又更靠進一步。即便父母的表情因為適時的雨季而將乾摺的皺紋蓬發得滑嫩而和藹，年輕了許多，連天的陰雨卻令自己彷彿老了、霉了。

哥哥出門的時候吃力地甩乾雨衣、姐姐慌張套上新買的豹紋長筒雨靴。孩子們想趁著雨天去其他有沙洲的地方，卻因為一下子太多腥味與彩色的斑斕被沖刷上岸，令他們終於連靠近岸邊的勇氣也沒有。那是學校再再叮嚀要注意的色澤與氣味。那是在遊戲裡觸碰到便會損血、掉ＨＰ的形態與懸浮。

他們被雨錮索在家裡，在網路世界裡。

他們的父母卻被解放。

兄姐們並沒有感到多大的差別，只是出門麻煩一點而已。

也許在次年，哥哥會被派到更遠的地方，而姐姐則說她將要被調去對岸。爸爸會考慮著耕作新的、更耐旱的作物，媽媽偶爾會望著窗外說：「我好久都沒有回Ninh Thuận了！」。

那些地名、稱謂，一個個在孩子們有限的詞彙裡，永遠都是生詞。

然後，他們會在畢業前相約旅行，最後一次，仔細而認真地離開機具常年散落的岸邊，帶好打早春起便點滴儲備的乾糧與不再遺失的雨具，胸口妝點幾朵家門口與履帶縫隙生長出的，一模一樣的小白花。再次清查載具駕駛艙內數目不一的操縱桿，緊握、並思考如果真的能夠發動。

「就到那裡吧！」他們指著湖心。

趁著雨季來臨前，他們要前往從來沒有去過的沙洲盡頭，離圍牆最遠的角落，另一條土堤的下緣。在機具名稱與色澤變換之前，這一梯次的他們要和下一梯次的他們交替之前，「他們」要確定腦海中的記憶未曾也不再改變。

「記住了！即使網咖的門口張貼的楓之谷改版了，我們也不會忘記這一刻。」他們相互約定。嬌小的身軀儀式性地圍繞在新漆的「（株）式會社」底下，仔細地誓盟屬於他們彼此的名稱：「青木」。「我們的名字就叫作青木」。他們沒有再說更多。

那是屬於他們的遠行。當雨季來臨，孩子們不知道會散落在沙洲何處，只要牢記圍牆的方向，往水聲洶湧的地方走去便是家。孩子們這麼代代相傳。他們卻從未真正聽過這個記憶裡從未出現過的遙遠且陌生音色。湛綠色的音階將會洶湧撞擊圍牆，然後帶領我們離開這裡。他們異口同聲堅定地說。

他們緊握著彼此的手，緊咬嘴唇避免回頭，深怕對器械的留戀令他們卻步，懼怖對機具的信任超越對自己步伐的勇氣，怯於鈑金上的名稱更替入下一個世代，又將會漆上哪些自己不曾學過的生字。恐懼那些停靠圍牆邊的工程車輛又在轉瞬間駛離。有誰知道那些本不該屬於孩提的玩具，下次又會在什麼時候出現？

撐過長長的旱季，秋天狡猾地以豪雨之姿來襲。孩子們的足跡與記憶，連同距離較遠的、支架聳立的圍籬與新色的宣傳看板，都將被粗魯而不留情地沖潰。在間歇的大雨滂沱後，新一期的科學園區的海報又將在鄰近的村口沿途架起新鎖緊的草綠圍籬，然後是比犁田還要深的管線陸續開挖、通往工業區的水利引道錯綜過三期稻作的休耕期間、創新手法的招商宣傳、更加雄渾有力的口號、以及更誘人的就業配套措施。

在休耕與轉作間，他們將被圍牆包裹著的沙洲掩埋。

而天空持續放晴，遠方的喧囂未歇，一年比一年要高的沙洲上，又會有嶄新的機具夾帶新沾的泥土隆隆駛來。

玩偶的大兒子

起床。

慣性地把床頭倒著的全家福照片立起。那每日因為胡亂拍打鬧鐘而造成的後遺症。原本也想試著挪個位置，挪到與鬧鐘距離較遠的地方，但是，一想到或許再過不久，大兒子、二兒子還有在那個跑去澳洲假期打工的小女兒和她的男朋友就會回來看他了，他又捨不得把這張全家福自鬧鐘旁移開了。

在美國時養成的早睡早起習慣，回台灣後也一直如此。唯一克制自己戒掉的，是從一星期逛一次美式量販賣場，延遲到半年才進場採買一次。這多少能在空間上彌補點思念孩子們的心情。這樣令他想起在美國與孩子們一道採買的時光。他知道這樣不好。

下床。

一邊打開廣播，收聽今日的氣象資訊，一邊整備服裝、盥洗，以及簡單攜帶的早點。七點半，他會準時出現在巷口的便利店前。等待同一時間、同一款式、連司機穿著也一成不變的箱型車駛來，然後上車。

「那麼早啊？康叔？」總是擠在最裡面的小伙子叫Jimmy，淡淡沒什麼朝氣地像執行公事般打著招呼。

「早啊，Jimmy，不都是這樣？」，現在年輕人都這樣嗎？他心不在焉地應答，低著頭確認身上帶的配件。上半身應穿戴的有，袖套、手套、口罩、墨鏡和棒球帽。下半身是百慕達短褲搭統長及膝的涼感透氣襪，腰間繫有盛滿冰鎮薑母茶的保溫水壺、背後則簡單綁著一架給孫子小時候坐的塑膠組合板凳、鑰匙，和幾枚銅板。該帶的都帶齊了，鏗瑯鏗瑯地隨著路途顛簸發出單調的韻律。

乾淨的清晨，後車廂裡陸續擠滿人。

「那個，」副駕駛座上的陌生臉孔，吃力地擠過身子回頭看看康叔他們。為了要放置廣告看板和傳單，車廂裡人們不規則侷促在不能稱之為座位的空間中，勉強側起耳朵。

「今天的路線和據點，還是一樣，原則上，這個月都會是這幾個地方。」車內除了冷氣風扇聲呼嘯，排擠出悶熱的空氣，每個人都安靜地盯著窗外。像是聽著。

「比較不一樣的是康叔，」

「資料上面說，康叔你好像剛過完八十歲生日吧？」他點點頭。

「那，你今天開始就不用再揹三明治看板啦！」陌生的臉孔尷尬地環視著其他幾個人，點點頭繼續說。

「但是據點維持不變，那阿珠？阿珠在嗎？」

「恩？我在這裡。」同樣穿戴整齊、全副武裝的阿珠，是個年近六十，個頭嬌小卻顯得幹練精神的女性。已經是三個孫子的阿嬤了。要不是孩子們爭著要她帶孫子，她實在不願意再出來工作。

「不帶孫子就沒錢喔！」記得某一天早餐，她轉述兒子們對她說的。

「不然阿寶姨和康叔交換吧？這樣錢也較多，你們覺得呢？」這個陌生臉孔，後來知道他叫尚億，剛從國外留學回來，這是他的第一份工作。

「不好吧？人家都已經當嬤了，這個……」康叔略帶歉疚地提出異議，其他人則默不作聲地，看看窗外，看看阿寶，也看看康叔。

「那你們有誰自願跟康叔換呢？公司規定是這樣，anyway，橫豎要有人揹三明治就對了！」尚億低頭翻著資料，帶著不合氣氛的美式口音說。

「我是可以啦，這沒關係啦，也不是說多費力啦……」阿寶悠悠地繼續說。

「不過多是多多少？」

「一樣啊！之前康叔領多少，就給你多少。」

「不過康叔你這樣是變相減薪哦！沒問題吧？」他想，自己起初也是從發傳單做起的，對此沒再表示什麼。

「歐。這樣啊。那就歹勢啦！」阿寶看著窗外，從背包裡挑出一片從嘴巴連著下巴到頸部的遮陽兜，甩了甩，令車內揚起一陣塵沙。

「不過話說，康叔你已經八十啦？也該休息了吧，怎麼偏偏每一班都還看得到你啊？」一個皮膚黝黑的中年男子轉頭對他說。這還是那麼久一來康叔跟他頭一次交談。

「沒辦法，存款都投資在孩子身上了。之前還去應徵過大廈保全咧，但是人家要年輕精壯的，哪要我這種的呢？」

「哎呀，我們都是該叫小朋友照顧的年紀啦！還出來打拼？真是想沒啊！！」阿寶也隔著遮陽兜含糊地說。

「跟妳差不多意思啦！另一半早走，學不會一個人生活……」

「年輕的又不想跟我們一起，對不？」阿寶搶著說，眼睛隔著墨鏡卻瞅了Jimmy一眼。

「也不是啦，之前也和他們在美國待了有一陣子，」

「開始還不錯，啊孫子大了，兩個兒子又隔得遠，都丟給同一個照顧，又好像……是我自己的問題啦！」

「老婆走了以後，不知道怎麼，自己一個就變得怪怪的。」

「是歐……」作嬤的阿寶發出了略懂非懂的呼吸聲。

「加上那裡做什麼都要英文，起居環境是不錯，但是……說到獨自生活，還是有點難啦！」

「哪會？就東玩玩，西玩玩就好啦！不然哪那麼多人搶著移民啊？傻了才回來啦你！」年輕的Jimmy聽不下去兩個老人的對話，終於忍不住摘下耳機說。

「要玩，也得有人陪啊！起初，老伴還在，一次陪兩個倒還可能划算，等到老婆走了，他們或許也覺得，養老院是個不錯的選擇……但是，裡面都是外國人，怎麼會住得習慣？」

康叔本能地數著車子已經陸續經過熟悉的街口，便開始清點他該帶下車的看板。

「好啦！就這個路口。」尚億點著傳單，塞給那個中年人說。

「上午兩千張，中午會繞過來幫你補足份數，還有便當，就這樣。」

後車廂一打開，便是陣熱風猛然塞進車內。中年人接過傳單，什麼也沒多說，看看其他人，順手帶上車門，一下子消失在車陣之中。

「後來就決定回來了。」康叔也不管沒人在聽，自顧自地說。

勉強租了間三十多年的舊公寓五樓，近20坪的空間，一個人無論負擔和起居起來，倒也足夠。起初，舉凡煮飯、燒菜、洗衣、家事，全都一手包辦，忙著忙著只覺得身體越來越沈、精神也顯得倦弱許多，終於，能外食的外食、能送洗的送洗，好不容易拜託定期打掃公寓那位小自己沒幾歲的女工，順便連自己的住家也一併打掃，另外算錢給她。加上兒子們定期匯來的金額，隨著孫子漸長而成反比遞減、定期的保險、通勤往返的車費，那些規劃中儲蓄的退休薪俸只顯得日益消瘦。他甚至虛弱得無法再等搭公車，承受那公車的劇烈搖晃，而利用他唯一的健康——站立，來賺取平衡生活的所需。

天空突然下起雨來。氣象報告預測中的午後雷陣雨，準時打斷了他遲鈍的記憶。他將手上高他許多的房地產廣告看板隨手找了根電線桿輕輕倚著，彎身從褲袋裡取出輕便雨衣，剛剛穿好，大雨趁勢加倍驟臨。

往來的駕駛與乘客們，究竟會不會注意他手上的廣告呢？以帶有詩意的筆劃印上「三德薇緻」四個字，究竟蓋在哪裡？他也不太曉得。黃色的他浸泡在辦公大樓街區圍起的濕潤中，雨滴沿著雙頰法令紋向下滲露，胸前雨衣的開口被他技巧性地用長尾夾豎緊，裡頭的內衣卻仍因為久站而悶出一股混合著劣質塑膠的汗味。往來的上班族臉上的表情，說明了對自己手中的廣告並不感到興趣。不是瞥見建案地址便掉頭離去，便是泛起一陣陣對售價的咒罵。有時甚至波及他自己。但他並不以為意。

「我可是有兩個兒子在美國呢！」他在心裡對著這些得為了善用午餐時間而倉皇途經的上班族，驕傲地修正他的站姿，在看板的陰影下試著多少躲點雨。

箱型車準時放下了便當便揚塵離去，代表時值中午。正是美東凌晨時分，兒孫們的鼾聲在枯立他的腦海響起。微熱的便當放在手心，驅離了因雨溼冷的雙手，卻有種似曾相識的溫度。

「你不是老是要我們出去闖闖？出國留學的嗎？」彷彿就與大兒子相隔著馬路，拿著他剛印好的成績單與申請書。

「我們努力了那麼多年，憑什麼要我們放棄？妳和爸可以搬來住啊！」耳機裡傳來的拉赫曼尼諾夫不知道什麼曲目的旋律，雖能將嘩嘩雨聲擋在耳外，仍是被二兒子電話那頭的嘶吼，一點一點地掩埋。

「要不然，等我們有空的時候，回去看你們？」大兒子輕挽他太太，堅定地說。這個兒子在美國讀書時才認識的，名叫Sophia的台北女孩，他幾乎忘了她的中文名字。

都回來多久了？

「爸！我和David要去Australia working holiday，今年是最後一年了，我們不能再浪費時間在這裡了，無論如何都要給自己一個機會……」女兒畢竟不像兒子，沒有那麼激烈的反應，寄幾次E-MAIL康叔都沒有收到，她便將那封信以工整的新細明字體印下來，收納簡單的信封，投進機場大廳的郵箱。

她去多久了？

老婆去世以後，康叔抵抗時間的招數跟著所剩無幾，除了床頭那只鬧鐘，他儘量不在家中注意時間留下的痕跡。時間對自己的意義，他再明白不過。他總比清晨的鬧鈴聲更早清醒，卻忘了關閉鬧時的閥門。中午與晚上他則以墨綠色、T牌箱型車為依歸，判斷何時該用餐、何時又該收工。他讓自己在其它時間裡，只需要站著，或是與廣告看板相互倚著，聽著廣播傳來的古典樂，如此時間便會過去。

他曾想過計算一天來往車輛的數目藉以打發時間，卻發現如此精準消磨的結果，不過是徒傷心神，甚至帶點難堪。兒子第一次指認「ㄅㄨ ㄅㄨ」，是模仿他的。孫子第一次學發「car」的音，也是他教的。雖然被兒子以發音不標準而嫌棄。但不經意看到與兒子們同款同色車子時，雙眼仍會因炯然注目而不爭氣地泛淚。那段時間裡，他儘量小心翼翼注意補充水份。

現在，他盯著雨的顏色從灰色、轉為橙色，最後停在暗紅，在紅綠燈桿彎曲的邊緣，覺得一切恍然並不那麼真實。我究竟在等什麼？他揉揉眼睛，確定朝他駛來的箱型車車號、烤漆顏色無誤。然後是一一問別了阿寶、Jimmy、尚億的例行公事。那個陌生的中年人今天早他一站下車。

車廂內的人們彷彿又因為一同參與了城市發展，理所當然地承受與有榮焉的疲憊，在彼此交會的眼神中，期待明日還能再見，在同一張棋盤的同一個角落裡。康叔回頭盯著看板，簡單地計算距離下一檔期還能再站幾天。想起屆時他手上的武器又將改變圖騰與樣式。

「我兒子在美國住得比你們賣的大樓還要高級好不好！」那個曾一度負氣不願意挑揀那個便宜的建案、粗陋的廣告文宣，而與發配任務的經理大鬧了一場得自己，如今甚至竟期待起每一天搭配著自己的那塊廣告看板。他覺得自己會那麼善感，恐怕是因為今天下過雨的關係。

自家公寓一樓是極易辨識的落漆紅鐵門，因為雨過，讓他聯想到阿寶卸下遮陽兜後，臉上發著長時悶出的濕疹。今天起，換著她揹上那三明治招牌，至少能多領一兩百塊錢。這樣也好。他捏著口袋裡以日薪計算的鈔票，因為汗水而潮綹成團。

『晚餐想吃點什麼呢？』邊爬樓梯，邊模仿老婆慇懃詢問的腔調，是他排遣獨自一人時的拿手劇碼。在飄著薑母茶的房間裡，他依著清晨的穿戴順序，一件一件退下裝備。電風扇的旋轉馬達吹動內裡亦是潮濕的輕便雨衣，傳來陣陣帶著塑膠味與薑母茶香的空氣，混合著耳機裡的交響樂，他坐在床沿，拆封上星期大兒子自美國寄來的包裹。外面用潦草地字跡註明是給父親的生日禮物。此外再無字跡。

「爸！我們兄弟討論過了，你去台灣以後，就由我這個大兒子統一對口你好了，這樣比較省事，不然我們兩個在美國，妹妹又是女兒，把這個搞得太複雜也不太方便？你覺得呢？」自老婆過世後，他更不會分辨這些過於細膩的情感了。他不知該如何回答。看著兒子把一件件陳舊色系的內衣折進行李箱內，隨手點數了幾罐維他命。他則正為著想不起國際電話前面到底該按哪幾碼而焦慮不已。

今年的生日禮物是支行動電話。機身沒有按鍵令人困擾。他記得叮嚀過大兒子，想要一台調頻簡單、接收清楚的收音機。大概是美國的頻率與台灣的計算方式有所不同吧？孫子上星期才在電話那頭中英文夾雜著直呼他手上新拆封的這個，是現在世界上最新、最流行的手機。什麼功能都有，並且可以上網下載各種軟體，不要說是聽廣播了，看電影都行。他盯著平滑的機身，回想那些新奇的字眼，又覺得至少該為能擁有這個而感到驕傲。

他按過一切所能按的那一兩個的鈕鍵，機器仍沒有如期反應。想抄起放大鏡，挑戰說明書上螞蟻大的字體，耳機外面卻像是算準時間似的，傳來電話鈴聲。

「爸！我是Linda，」女兒名字裡有個「琳」字，恰好能找到對應的英文名字。她小時候對此感到非常自豪。而康叔對女兒因為自己所取的中文名字令她能夠比其他同學更容易取得對應的英文名字而感到自豪。「琳，」他試著想表達完整的句子，卻流連於片刻穿插的記憶。

「晚祝你生日快樂了，Sorry～by the way，這裡一切都比台灣要好，我剛和那個David分手。看過外面世界之大，才發現我們真的不適合，吶！我會在這裡待久一點，你一個人好好保重哦！」

他想不起這通電話、又或是那通電話後來是怎麼結束的。印象中，每次和孩子們結束對話的台詞都不一樣，不過意思應該都相差無幾。不是一連串對於來台灣時間的推測，就是對往赴美國時間的期待。手中的金屬機器這時看起來更加沈默而顯得笨重了。他仔細地將它收納回盒子裡，想過一陣子，等孩子們打電話來時再問問他們。

一陣子會是多久呢？

「爸！你在聽嗎？」

「嗯！」

「最近這裡房市不錯，看到路上很多人都拿著看板在宣傳，」

「嗯！」

「孩子也越來越大了，我呢，和Sophia打算在附近買一棟有泳池和院子的別墅，好讓他們動一動，你覺得呢？」

「嗯！」

「這樣吧！看你什麼時候想過來，到時候應該會有多的客房，你可以來住個幾天，到處玩玩，陪陪孫子嘛，好不好？」

「嗯！」

「那……就等你方便、想來的時候，再撥個電話過來吧？還有，那只新手機，開始用了嗎？」

他想不起來自己還想說些什麼的，捏著電話，走進浴室，任自己滑進淺淺的浴缸裡，耐心地等待皮膚發皺、身體變軟。

釀小說47　PG1076

字在

作　　者	石廷宇
責任編輯	林泰宏
圖文排版	姚宜婷
封面設計	王嵩賀

出版策劃	釀出版
製作發行	秀威資訊科技股份有限公司 114 台北市內湖區瑞光路76巷65號1樓 電話：+886-2-2796-3638　傳真：+886-2-2796-1377 服務信箱：service@showwe.com.tw http://www.showwe.com.tw
郵政劃撥	19563868　戶名：秀威資訊科技股份有限公司
展售門市	國家書店【松江門市】 104 台北市中山區松江路209號1樓 電話：+886-2-2518-0207　傳真：+886-2-2518-0778
網路訂購	秀威網路書店：http://www.bodbooks.com.tw 國家網路書店：http://www.govbooks.com.tw
法律顧問	毛國樑　律師
總 經 銷	聯合發行股份有限公司 231新北市新店區寶橋路235巷6弄6號4F 電話：+886-2-2917-8022　傳真：+886-2-2915-6275

出版日期	2014年5月　BOD一版
定　　價	320元

國家圖書館出版品預行編目

字在 / 石廷宇著. -- 一版. -- 臺北市 : 釀出版,
2014. 05
面；　公分. -- (釀小說 ; PG1076)
BOD版
ISBN 978-986-5871-92-5 (平裝)

857.63　　103000357

讀者回函卡

感謝您購買本書，為提升服務品質，請填妥以下資料，將讀者回函卡直接寄回或傳真本公司，收到您的寶貴意見後，我們會收藏記錄及檢討，謝謝！如您需要了解本公司最新出版書目、購書優惠或企劃活動，歡迎您上網查詢或下載相關資料：http:// www.showwe.com.tw

您購買的書名：________________________________

出生日期：________年________月________日

學歷：□高中（含）以下　□大專　□研究所（含）以上

職業：□製造業　□金融業　□資訊業　□軍警　□傳播業　□自由業

□服務業　□公務員　□教職　□學生　□家管　□其它_____

購書地點：□網路書店　□實體書店　□書展　□郵購　□贈閱　□其他

您從何得知本書的消息？

□網路書店　□實體書店　□網路搜尋　□電子報　□書訊　□雜誌

□傳播媒體　□親友推薦　□網站推薦　□部落格　□其他__________

您對本書的評價：（請填代號　1.非常滿意　2.滿意　3.尚可　4.再改進）

封面設計____　版面編排____　內容____　文／譯筆____　價格____

讀完書後您覺得：

□很有收穫　□有收穫　□收穫不多　□沒收穫

對我們的建議：________________________________

____

____

____

請貼
郵票

11466
台北市內湖區瑞光路 76 巷 65 號 1 樓

秀威資訊科技股份有限公司 收

BOD 數位出版事業部

....

（請沿線對折寄回，謝謝！）

姓　　名：____________________ 年齡：________ 性別：□女　□男

郵遞區號：□□□□□

地　　址：____

聯絡電話：(日) ____________________ (夜) ____________________

E-mail：____